我所知道的康橋

徐志摩 著

楊義 趙稀方 編選 陳志堅 導讀

| 責任編輯 | 王　昊 |
| 書籍設計 | a_kun |

書　名	我所知道的康橋
著　者	徐志摩
編　選	楊　義　趙稀方
導　讀	陳志堅
出　版	三聯書店（香港）有限公司
	香港北角英皇道 499 號北角工業大廈 20 樓
	Joint Publishing (H.K.) Co., Ltd.
	20/F., North Point Industrial Building,
	499 King's Road, North Point, Hong Kong
香港發行	香港聯合書刊物流有限公司
	香港新界荃灣德士古道 220-248 號 16 樓
印　刷	美雅印刷製本有限公司
	香港九龍觀塘榮業街 6 號 4 樓 A 室
版　次	1999 年 1 月香港第一版第一次印刷
	2020 年 2 月香港第二版第一次印刷
	2022 年 6 月香港第二版第二次印刷
規　格	特 32 開（105 mm × 165 mm）240 面
國際書號	ISBN 978-962-04-4564-4

© 1999, 2020 Joint Publishing (H.K.) Co., Ltd.

Published & Printed in Hong Kong

再版說明

　　"三聯文庫"自一九九八年出版，遴選中外文學代表作，包羅古今文類。文庫前後收錄小說、詩詞、散文、戲劇、翻譯作品等八十二種，為讀者提供豐盛的文學滋養，有利於讀者輕鬆閱讀、欣賞經典。

　　本文庫初版時值本店成立五十週年，如今本店已逾從心之年，故將重版本文庫以作紀念。為滿足大眾讀者需求，是次再版仍以價廉物美為原則，設計則凸顯書本手感與閱讀內文的舒適度，更特邀資深中文科老師、作家撰寫導讀，引導讀者品賞名作。

　　為保全作品原貌，編輯不對原書內文作明顯改動，只修訂部分文字、標點、注釋資料等錯處，以示尊重。雖經細緻校正，惟編輯水平所限，錯漏難免，懇請讀者指正。

三聯書店（香港）有限公司

出版部

二〇二〇年一月

目錄

導讀

陳志堅

關於徐志摩，許多讀者也曾聽聞他的軼事，或是他的詩，《我所知道的康橋》則是收錄了徐志摩的散文。歷年以來，對於徐志摩散文的評斷各有毀譽，然而梁實秋對徐志摩的散文評價甚高，甚至認為徐志摩的散文更在他的詩之上。

主題信手拈來

就徐志摩散文的主題方面，素有信手拈來，主題多樣的看法。徐志摩散文有強烈的主觀意識，作品裏多呈現個人獨有的想法，然而，由於他的散文旁及許多不同的主題，故在文章裏的敘述往往囊括天南地北。胡適形容徐志摩的散文像 "跑野馬"，溫源寧曾言："讀了他的散文，我們馬上就看到他個性的光輝與神彩：他的面貌、他說話的調子、他言談的神韻──他的活潑，一會兒拐彎抹角岔到一些不相干的趣事上去，一會兒又得意揚揚的回到閒談的主題上來，那麼犀利、那麼熱烈，彷彿除了為閒談而閒談，什麼別的都不要緊——凡這一切全在他的散文裏。"例如，《我所知道的康橋》書寫他在康橋的生活，包括他對學者的仰慕、康橋的美好生活；《自剖》書寫個人對於寫作和生命的自我檢視與不稱意；《吸煙與文化》旁及英國傳統貴族教育，借吸煙以發揮說明自由之風，直視文化本質；《印度洋上的秋思》書寫個人的思鄉情懷與身處異地的鬱悶。徐志摩習慣不按既定主題發展文章的脈絡，常以介乎切入與抽離之間的書寫方式，梁實秋稱之為Mannerism，是具有個人特色的風格主義表現色彩。

親和的態度

徐志摩於當時學術界與文壇聞名，他善於交際，廣結友人，這種與人無爭的親切態度，亦在他的散文中有明確的反映。徐志摩在不同的散文裏，皆以"你"（第二人稱）的敘事角度與對者對話，就像處於即時性的文藝交談一般。《海灘上種花》探討與朋友相處時需要真心與真性情，然而，作者也親切地提示與友人相處的一些變奏與靈動之處：“有時你得冒險，你得花本錢，你得抵拚在嶄岈的亂石間，觸刺的草縫裏耐心的尋路。”又，在《契訶夫的墓園》：“我每過不知名的墓園也往往進去留連，那時情緒不定是傷悲，不定是感觸，有風聽風，在塊塊的墓碑間且自徘徊，待斜陽淡了再計較回家。”作者不避直率，與讀者分享了在契訶夫墓園的遭遇，坦誠真摯。梁實秋曾評價徐志摩的散文“無論寫的是什麼題目，永遠的保持一個親熱的態度。我實在找不出比‘親熱的’更好的形容詞。……他的散文裏充滿了同情和幽默。他的散文沒有教訓的氣味，沒有演講的氣味，而是像和知心的朋友談話，無論誰，只要一讀志摩的文章，就不知不覺的非站在他的朋友地位上不可”。

語言豐茂、詩化散文

徐志摩被譽為浪漫主義作家，散文書寫呈現了他豐富的才學，林語堂言：“志摩，情才，亦一奇才也，以詩著，更以散文著。”徐志摩的作品不但在同一文章內運用多種表達技巧，同時運用豐富的語言，呈現高水平的藝術意識。《翡冷翠山居閒話》書寫作者在佛羅倫斯的美態："陽光正好暖和，決不過暖；風息是溫馴的，而且往往因為他是從繁花的山林裏吹度過來，他帶來一股幽遠的淡香，連著一息滋潤的水氣，摩挲著你的顏面，輕繞著你的肩腰，就這單純的呼吸已是無窮的愉快。"作者書寫佛羅倫斯的香氣與觸感，文字運用豐富貼切。《北戴河海濱的幻想》："但我獨坐的廊前，卻只是靜靜的，靜靜的無甚聲響。嫵媚的馬櫻，只是幽幽的微展著，蠅蟲也斂翅不飛。只有遠近樹裏的秋蟬在紡紗似的，引牠們不盡的長吟。"徐志摩書寫獨坐在前廊大椅上，寫四圍的靜，亦以秋蟬長吟以動襯靜，藉詩化的句子融入散文。

直抒胸臆、情感真摯

梁實秋說："志摩提起筆來，毫不矜持，把他心裏的話真掏出來說，把他的讀者當做頂親近的人。他不怕得罪讀者，他不怕說寒傖話，他不避免土話，他也不避免說大話，他更儘量的講笑話。總之，他寫起文章來真是痛快淋漓，使得讀者開不得口。"徐志摩在《謁見哈代的一個下午》記述一次遊歷歐洲途中,拜會著名英國作家哈代的經歷。徐志摩直認個人的"英雄崇拜"行為,曾言:"山,我們愛踹高的;人,我們為什麼不願意接近大的?但接近大人物正如爬高山,往往是一件費勁的事;你不僅得有熱心,你還得有耐心。半道上力乏是意中事,草間的刺也許拉破你的皮膚,但是你想一想登臨危峰時的愉快!"徐志摩這位早已成名的文學家就像跑了一趟"感情作用的旅行",充分反映了他謙厚的真個性。

徐志摩的《自剖》、《再剖》與《求醫》三篇可視為並讀文章,作者一方面真實地自我檢視寫作的限制,另一方面,他亦思考自己的性情與超越產生的矛盾所帶來的苦困。他在《自剖》中析論個人的寫作狀態,從寫作上受了一部分讚許,推展至作品呈現萎縮,甚至枯竭的現象,而他本來卻是:"愛和平是我的生性。在怨毒、猜忌、殘殺的空氣中,我的神經每每感受一種不可名狀的壓迫。"這份矛盾,驅使徐志摩無法走出自我質疑的處境。至《再剖》中,作者進一步指出他心目中的讀者就是這時代的青年,他坦白地指出青年們的心裏有容得下自己的空隙，他要偎著他們的熱血，把情感老實地釋放出來。而《求醫》，作者借助曼殊斐兒再一次直視個人心中的迷惑與害怕，並渴想個人能跑到平靜的心境與生活的調和之中。作為當時著名的作家，徐志摩能如此真率地述說個人在寫作上的障礙，並思考如何提升與超前，在當時可說是獨特與罕見的。沈從文說："徐志摩的作品給我們的感覺是 '動'，文字的動、情感的動，活潑而輕盈，如一盤圓臺珠子，在陽光下轉個不停，色彩交錯，變幻眩目。" 情感流動，轉個不停，就是徐志摩的散文特色。

印度洋上的秋思

昨夜中秋。黃昏時西天掛下一大簾的雲母屏，掩住了落日的光潮，將海天一體化成暗藍色，寂靜得如黑衣尼在聖座前默禱。過了一刻，即聽得船梢布篷上悉悉索索啜泣起來，低壓的雲夾著迷濛的雨色，將海線逼得像湖一般窄，沿邊的黑影，也辨認不出是山是雲，但涕淚的痕跡，卻滿佈在空中水上。

又是一番秋意！那雨聲在急驟之中，有零落蕭疏的況味，連著陰沉的氣氳，只是在我靈魂的耳畔私語道："秋！" 我原來無歡的心境，抵禦不住那樣溫婉的浸潤，也就開放了春夏間所積受的秋思，和此時外來的怨艾構合，產出一個弱的嬰兒 —— "愁"。

天色早已沉黑，雨也已休止。但方才啜泣的雲，還疏鬆地幕在天空，只露著些慘白的微光，預告明月已經裝束齊整，專等開幕。同時船煙正在莽莽蒼蒼地吞吐，築成一座蟒鱗的長橋，直聯及西大盡處，和船輪泛出的一流翠波白沫，上下對照，留戀西來的蹤跡。

北天雲幕豁處，一顆鮮翠的明星，喜孜孜地先來問探消息，像新嫁娘的侍婢，也穿扮得遍體光艷，但新娘依然姍姍未出。

我小的時候，每於中秋夜，獃坐在樓窗外等看"月華"。若然天上有雲霧繚繞，我就替"亮晶晶的月亮"擔憂。若然見了魚鱗似的雲彩，我的小心就欣欣怡悅，默禱著月兒快些開花，因為我常聽人說只要有"瓦楞"雲，就有月華；但在月光放彩以前，我母親早已逼我去上床，所以月華只是我腦筋裏一個不曾實現的想像，直到如今。

現在天上砌滿了瓦楞雲彩，霎時間引起了我早年許多有趣的記憶 —— 但我的純潔的童心，如今那裏去了！

月光有一種神秘的引力。她能使海波咆哮，她能使悲緒生潮。月下的喟息可以結聚成山，月下的情淚可以培疇百畝的畹蘭，千莖的紫琳耿。我疑悲哀是人類先天的遺傳，否則，何以我們兒年不知悲感的時期，有時對著一瀉的清輝，也往往淒心滴淚呢？

但我今夜卻不曾流淚。不是無淚可滴，也不是文明教育將我最純潔的本能鋤淨，卻為是感覺了神聖的悲哀，將我理解的好奇心激動，想學契古特白登來解剖這神秘的"眸冷骨霽"。冷的智永遠是熱的情的死仇。他們不能相容的。

但在這樣浪漫的月夜，要來練習冷酷的分析，似乎不近人情！所以我的心機一轉，重複將鋒快的智刃劇起，讓沉醉的情淚自然流轉，聽他產生什麼音樂；讓繾綣的詩魂漫自低回，看他尋出什麼夢境。

明月正在雲岩中間，周圍有一圈黃色的彩暈，一陣陣的輕靄，在她面前扯過。海上幾百道起伏的銀溝，一齊在微叱淒其的音節，此外不受清輝的波域，在暗中憤憤漲落，不知是怨是慕。

我一面將自己一部分的情感，看入自然界的現象，一面拿著紙筆，癡望著月彩，想從她明潔的輝光裏，看出今夜地面上秋思的痕跡，希冀他們在我心裏，凝成高潔情緒的菁華。因為她光明的捷足，今夜遍走天涯，人間的恩怨那一件不經過她的慧眼呢？

印度的 Ganges（埂奇）河邊有一座小村落，村外一個榕絨密繡的湖邊，生著一對情醉的男女，他們中間草地上放著一尊古銅香爐，燒著上品的水息，那溫柔婉戀的煙篆，沉馥香濃的熱氣，便是他們愛感的象徵——月光從雲端裏輕俯下來，在那女子胸前的珠串上，水息的煙尾上，印下一個慈吻，微哂，重複登上她的雲艇，上前駛去。

一家別院的樓上，窗簾不曾放下，幾枝肥滿的桐葉正在玻璃上搖曳逗趣，月光窺見了窗內一張小蚊床上紫紗帳裏，安眠著一個安琪兒似的小孩，她輕輕挨進身去，在他溫軟的眼睫上，嫩桃似的腮上，撫摩了一會。又將她銀色的纖指，理齊了他臍圓的額髮，靄然微哂著，又回她的雲海去了。

一個失望的詩人，坐在河邊一塊石頭上，滿面寫著幽鬱的神情，他愛人的倩影，在他胸中像河水似的流動，他又不能在失望的渣滓裏榨出些微的甘液，他張開兩手，仰著頭，讓大慈大悲的月光，那時正在過路，洗沐他淚腺濕腫的眼眶，他似乎感覺到清心的安慰，立即摸出一管筆，在白衣襟上寫道：

月光，
你是失望兒的乳娘！

面海一座柴房的窗櫺裏，望得見屋裏的內容：一張小桌上放著半塊麵包和幾條冷肉，晚餐的剩餘。窗前几上開著一本家用的聖經，爐架上兩座點著的燭台，不住地在流淚，旁邊坐著一個皺面扶腰的老婦人，兩眼半閉地落在伏在她膝上悲泣的一個少婦，她的長裙散在地板上像一隻大花蝶。老婦人掉頭向窗外望，只見遠遠海濤起伏，和慈祥的月光在擁抱密吻，她嘆了聲氣向著斜照在《聖經》上的月彩囁道：

　　"真絕望了！真絕望了！"

　　她獨自在她精雅的書室裏，把燈火一齊熄了，倚在窗口一架藤椅上，月光從東牆肩上斜瀉下去，籠住她的全身，在花磚上幻出一個窈窕的倩影，她兩根乖辮的髮梢，她微澹的媚唇，和庭前幾莖高峙的玉蘭花，都在靜秘的月色中微顫，她和她的呼吸，吐出一股幽香，不但鄰近的花草，連月兒聞了，也禁不住迷醉，她腮邊天然的妙渦，已有好幾日不圓滿：她瘦損了。但她在想什麼呢？月光，你能否將我的夢魂帶去，放在離她三五尺的玉蘭花枝上。

威爾斯西境一座礦床附近，有三個工人，口銜著笨重的煙斗，在月光中間坐。他們所能想到的話都已講完，但這異樣的月彩，在他們對面的松林，左首的溪水上，平添了不可言語比說的嫵媚，惟有他們工餘倦極的眼珠不闔，彼此不約而同今晚較往常多抽了兩斗的煙，但他們礦火薰黑，煤塊擦黑的面容，表示他們心靈的薄弱，在享樂煙斗以外：雖然秋月溪聲的載刺，也不能有精美情緒之反感。等月影移西一些，他們默默地撲出了一斗灰，起身進屋，各自登床睡去。月光從屋背飄眼望進去，只見他們都已睡熟；他們即使有夢，也無非礦內礦外的景色！

　　月光渡過了愛爾蘭海峽，爬上海爾佛林的高峰，正對著靜默的紅潭。潭水凝定得像一大塊冰，鐵青色。四圍斜坦的小峰，全都滿鋪著蟹青和蛋白色的岩片碎石，一株矮樹都沒有。沿潭間有些叢草，那全體形勢，正像一大青碗，現在滿盛了清潔的月輝，靜極了，草裏不聞蟲吟，水裏不聞魚躍；只有石縫裏潛潤瀝淅之聲，斷續地作響，彷彿一座大教堂裏點著一星小火，益發對照出靜穆寧寂的境界，月兒在鐵色的潭面上，倦倚了半晌，重複扳起她的銀瀉，過山去了。

昨天船離了新加坡以後，方向從正東改為東北，所以前幾天的船梢正對落日，此後"晚霞的工廠"漸漸移到我們船向的左手來了。

昨夜吃過晚飯上甲板的時候，船右一海銀波，在犀利之中涵有幽秘的彩色，淒清的表情，引起了我的凝視。那放銀光的圓球正掛在你頭上，如其起靠著船頭仰望。她今夜並不十分鮮艷；她精圓的芳容上似乎輕籠著一層藕灰色的薄紗；輕漾著一種悲喟的音調；輕染著幾痕淚化的霧靄。她並不十分鮮艷，然而她素潔溫柔的光線中，猶之少女淺藍妙眼的斜瞟；猶之春陽融解在山顛白雲反映的嫩色，含有不可解的迷力，媚態，世間凡具有感覺性的人，只要承沐著她的清輝，就發生也是不可理解的反應，引起隱複的內心境界的緊張，—— 像琴絃一樣，—— 人生最微妙的情緒，戴震生命所蘊藏高潔名貴創現的衝動。有時在心裏狀態之前，或於同時，撼動軀體的組織，使感覺血液中突起冰流之冰流，嗅神經難禁之酸辛，內臟洶湧之跳動，淚腺之驟熱與潤濕。那就是秋月興起的秋思 ——愁。

昨晚的月色就是秋思的泉源，豈止，真是悲

哀幽騷悱怨沉鬱的象徵,是季候運轉的偉劇中最神秘亦最自然的一幕,詩藝界最淒涼亦最微妙的一個消息。

今夜月明人望,不知秋思在誰家。中國字形具有一種獨一的嫵媚,有幾個字的結構,我看來純是藝術家的匠心:這也是我們國粹之尤粹者之一。譬如"秋"字,已經是一個極美的字形;"愁"字更是文字史上有數的傑作:有石開湖暈,風掃松針的妙處,這一群點畫的配置,簡直經過柯羅的書篆,米仡朗基羅的雕圭 Chopin 的神感;像 —— 用一個科學的比喻 —— 原子的結構,將旋轉宇宙的大力收縮成一個無形無縱的電核;這十三筆造成的象徵,似乎是宇宙和人生悲慘的現象和經驗,吁嘆和涕淚,所凝成最純粹精密的結晶,滿充了催迷的秘力。你若然有高蒂閒(Gautier)異超的知感性,定然可以夢到愁,字變形為秋霞黯綠色的通明寶玉,若用銀槌輕擊之,當吐銀色的幽咽電蛇似騰入雲天。

我並不是為尋秋意而看月,更不是為覓新愁而訪秋月;蓄意沉浸於悲哀的生活,是丹德所不許的。我蓋見月而感秋色,因秋窗而拈新愁:人是一簇脆弱而富於反射性的神經!

我重複回到現實的景色，輕裹在雲錦之中的秋月，像一個遍體蒙紗的女郎，他那團圓清朗的外貌像新娘，但同時他冪絃的顏色，那是藕灰，他踟躇的行躄，掩泣的痕跡，又使人疑是送喪的麗姝。所以我曾說：

秋月呀！
我不盼望你團圓。

這是秋月的詩色，不論他是懸在落日殘照邊的新鐮，與"黃昏曉"競艷的眉鈎，中宵斗沒西陲的金碗，星雲參差間的銀床，以至一輪腴滿的中秋，不論盈昃高下，總在原來澄爽明秋之中，遍灑著一種我只能巨稱之為"悲哀的輕靄"，和"傳愁的以太"，即使你原來無愁，見此也禁不得沾染那"灰色的音調"，漸漸興感起來！

秋月呀！
　　誰禁得起銀指尖兒
　　浪漫地搔爬呵！
　　不信但看那一海的輕濤，可不是禁不

住他玉指的撫摩，在那裏低個飲泣呢！就是那

　　無聊的熏煙，

　　秋月的美滿，

　　熏暖了飄心冷眼，

　　也清冷地穿上了輕縞的衣裳，

　　來參與這

　　美滿的婚姻和喪禮。

志摩

十月六日

泰山日出

振鐸來信要我在《小說月報》的泰戈爾號上說幾句話。我也曾答應了，但這一時遊濟南遊泰山遊孔陵，太樂了，一時竟拉不攏心思來做整篇的文字，一直捱到現在期限快到，只得勉強坐下來，把我想得到的話不整齊的寫出。

我們在泰山頂上看出太陽。在航過海的人，看太陽從地平線下爬上來，本不是奇事；而且我個人是曾飽飫過江海與印度洋無比的日彩的。但在高山頂上看日出，尤其在泰山頂上，我們無饜的好奇心，當然盼望一種特異的境界，與平原或海上不同的。果然，我們初起時，天還暗沉沉的，西方是一片的鐵青，東方些微有些白意，宇宙只是 —— 如用舊詞形容 —— 一體莽莽蒼蒼的。但這是我一面感覺勁烈的曉寒，一面睡眼不曾十分醒豁時約略的印象。等到留心回覽時，我不由得大聲的狂叫 —— 因為眼前只是一個見所未見的境界。原來昨夜整夜暴風的工程，卻砌成一座普遍的雲海。除了日觀峰與我們所在的玉皇頂以外，東西南北只是平鋪著瀰漫的雲氣，在朝旭未露前，宛似無量數厚毛長絨的綿羊，交頸接背的眠著，捲耳與彎角都依稀辨認得出。那時候在這茫茫的雲海中，我獨自站在霧靄溟濛的小島上，發生了奇異的幻想——

我軀體無限的長大，腳下的山巒比例我的身量，只是一塊拳石；這巨人披著散髮，長髮在風裏像一面墨色的大旗，颯颯的在飄蕩。這巨人豎立在大地的頂尖上，仰面向著東方，平拓著一雙長臂，在盼望，在迎接，在催促，在默默的叫喚；在崇拜，在祈禱，在流淚——在流久慕未見而將見悲喜交互的熱淚……

這淚不是空流的，這默禱不是不生顯應的。

巨人的手，指向著東方——

東方有的，在展露的，是什麼？

東方有的是瑰麗榮華的色彩，東方有的是偉大普照的光明——出現了，到了，在這裏了……

玫瑰汁、葡萄漿、紫霽液、瑪瑙精、霜楓葉——大量的染工，在層累的雲底工作；無數蜿蜒的魚龍，爬進了蒼白色的雲堆。

一方的異彩，揭去了滿天的睡意，喚醒了四隅的明霞 —— 光明的神駒，在熱奮地馳騁……

雲海也活了；眠熱了獸形的濤淵，又回復了偉大的呼嘯，昂頭搖尾的向著我們朝露染青饅形的小島沖洗，激起了四岸的水沫浪花，震蕩著這生命的浮礁，似在報告光明與歡欣之臨在……

再看東方 —— 海句力士已經掃蕩了他的阻礙，雀屏似的金霞，從無垠的肩上產生，展在大地的邊沿。……起……用力，用力。純焰的圓顱，一探再探的躍出了地平，翻登了雲背，臨照在天空……

歌唱呀，讚美呀，這是東方之復活，這是光明的勝利……

散發禱祝的巨人，他的身彩橫亘在無邊的雲海上，已經漸漸的消翳在普遍的歡欣裏；現在他雄渾的頌美的歌聲；也已在霞彩變幻中，普徹了四方八隅……

聽呀，這普徹的歡聲；看呀，這普照的光明！

這是我此時回憶泰山日出時的幻想，亦是我想望泰戈爾來華的頌詞。

我所知道的康橋

（一）

我這一生的周折，大都尋得出感情的線索。不論別的，單說求學。我到英國是為要從羅素。羅素來中國時，我已經在美國。他那不確的死耗傳到的時候，我真的出眼淚不夠，還做悼詩來了。他沒有死，我自然高興。我擺脫了哥倫比亞大博士銜的引誘，買船票過大西洋，想跟這位二十世紀的福祿泰爾認真唸一點書去。誰知一到英國才知道事情變樣了：一為他在戰時主張和平，二為他離婚，羅素叫康橋給除名了，他原來是 Trinity College 的 fellow，一來他的 fellowship 也給取消了。他回英國後就在倫敦住下，夫妻兩人賣文章過日子。因此我也不曾遂我從學的始願。我在倫敦政治經濟學院裏混了半年，正感著悶想換路走的時候，我認識了狄更生先生。狄更生 —— Galsworthy Lowes Dickinson 是一個有名的作者，他的《一個中國人通信》（*Letters from John Chinaman*）與《一個現代聚餐談話》（*A Modern Symposium*）兩本小冊子早得了我的景仰。我第一次會著他是在倫敦國際聯盟協會席上，那天林宗孟先生演說，他做主席；第二次是在宗孟寓裏吃茶，有他。以後我常到他家裏去。他看出我的煩悶，勸我到康橋去。他自己是王家學院（Kings College）的fellow。我就寫信去問兩個學院，回信都說學額早滿了，隨後還是狄更生先生替我去在他的學院裏說好了，給我一個特別生的資格，隨意選科聽講。從此黑方巾、黑披袍的風光也被我佔著了。初起我在離康橋六英里的鄉下叫沙士頓地方租了幾間小屋住下，同居的有我從前的夫人張幼儀女士與郭虞裳君。每天一早我坐街市（有時自行車）上學，到晚回家。這樣的生活過了一個春，但我在康橋還只是個陌生人，誰都不認識，康橋的生活，可以說完全不曾嚐著，我知道的只是一個圖書館，幾個課室，和三兩個吃便宜飯的茶食舖子。狄更生常在倫敦或是大陸上，所以也不常見他。那年的秋季我一個人回到康橋，整整有一學年，那時我才有機會接近真正的康橋生活，同時我也慢慢的 "發現" 了康橋。

我不曾知道過更大的愉快。

（二）

    "單獨" 是一個耐尋味的現象。我有時想它是任何發現的第一個條件。你要發現你的朋友的 "真"，你得有與他單獨的機會。你要發現你自己的真，你得給你自己一個單獨的機會。你要發現一個地方（地方一樣有靈性），你也得有單獨玩的機會。我們這一輩子，認真說，能認識幾個人？能認識幾個地方？我們都是太匆忙，太沒有單獨的機會。說實話，我連我的本鄉都沒有什麼瞭解。康橋我要算是有相當交情的，再次許只有新認識的翡冷翠了。啊，那些清晨，那些菁昏，我一個人發癡似的在康橋！絕對的單獨。

    但一個人要寫他最心愛的對象，不論是人是地，是多麼使他為難的一個工作？你怕，你怕描壞了它，你怕說過分了惱了它，你怕說太謹慎了辜負了它。我現在想寫康橋，也正是這樣的心理，我不會寫，我就知道這回是寫不好的 —— 況且又是臨時逼出來的事情。但我卻不能不寫，上期預告已經出去了。我想勉強分兩節寫：一是我所知道的康橋的天然景色；一是我所知道的康橋的學生生活。我今晚只能極簡的寫些，等以後有興會時再補。

（三）

康橋的靈性全在一條河上；康河，我敢說是全世界最秀麗的一條水。河的名字是葛蘭大（Granta），也有叫康河（River Cam）的，許有上下流的區別，我不甚清楚。河身多的是曲折，上游是有名的拜倫潭——"Byron's Pool"——當年拜倫常在那裏玩的；有一個老村子叫格蘭騫斯德，有一個果子園，你可以躺在纍纍的桃李樹蔭下吃茶，花果會掉入你的茶杯，小雀子會到你桌上來啄食，那真是別有一番天地。這是上游；下游是從騫斯德頓下去，河面展開，那是春夏間競舟的場所。上下河分界處有一個壩築，水流急得很，在星光下聽水聲，聽近村晚鐘聲，聽河畔倦牛芻草聲，是我康橋經驗中最神秘的一種：大自然的優美、寧靜，調諧在這星光與波光的默契中不期然的淹入了你的性靈。

但康河的精華是在它的中流，著名的"Backs"，這兩岸是幾個最蜚聲的學院的建築。從上面下來是 Pembroke, St. Katharine's, King's, Clare, Trinity, St. John's 最令人留連的一節是克萊亞與王家學院的毗連處，克萊亞的秀麗緊鄰著王家教堂（King's Chapel）的宏偉。別的地方盡有更美更莊嚴的建築，例如巴黎賽因河的羅浮宮一帶，威尼斯的利阿爾多大橋的兩岸，翡冷翠維基烏大橋的周遭；但康橋的"Backs"自有它的特長，這不容易用一二個狀詞來概括，它那脫盡塵埃氣的一種清澈秀逸的意境可說是超出了畫圖而化生了音樂的神味。再沒有比這一群建築更調諧更勻稱的了！論畫，可比的許只有柯羅（Corot）的田野；論音樂，可比的許只有蕭班（Chopin）的夜曲。就這也不能給你依稀的印象，它給你的美感簡直是神靈性的一種。

假如你站在王家學院橋邊的那棵大菊樹蔭下眺望，右側面，隔著一大方淺草坪，是我們的校友居（fellows building），那年代並不早，但它的嫵媚也是不可掩的，它那蒼白的石壁上春夏間滿綴著艷色的薔薇在和風中搖顫，更移左是那教堂，森林似的尖閣不可洗的永遠直指著天空；更左是克萊亞，啊！那不可信的玲瓏的方庭，誰說這不是聖克萊亞（St.

Clare）的化身，那一塊石上不閃耀著她當年聖潔的精神？在克萊亞後背隱約可辨的是康橋最潢貴最驕縱的三清學院（Trinity），它那臨河的圖書樓上坐鎮著拜倫神采驚人的雕像。

但這時你的注意早已叫克萊亞的三環洞橋魔術似的攝住。你見過西湖白堤上的斷橋不是（可憐它們早已叫代表近代醜惡精神的汽車公司給踩平了，現在它們跟著蒼涼的雷峰永遠辭別了人間）？你忘不了那橋上斑駁的蒼苔，木柵的古色，與那橋拱下洩露的湖光與山色不是？克萊亞並沒有那樣體面的襯托，它也不比廬山栖賢寺旁的觀音橋，上瞰五老的奇峰，下臨深潭與飛瀑；它只是怯憐憐的一座三環洞的小橋，它那橋洞間也只掩映著細紋的波鱗與婆娑的樹影，它那橋上櫛比的小穿蘭與蘭頂上雙雙的白石球，也只是村姑子頭上不誇張的香草與野花一類的裝飾；但你凝神的看著，更凝神的看著，你再反省你的心境，看還有一絲屑的俗念沾滯？只要你審美的本能不曾泯滅時，這是你的機會實現純粹美感的神奇！

但你還得選你賞鑒的時辰。英國的天時與氣候是走極端的。冬天是荒謬的壞，逢著連綿的霧盲天你一定不遲疑的甘願進地獄本身去試試；春天（英國是幾乎沒有夏天的）是更荒謬的可愛，尤其是它那四五月間最漸緩最艷麗的黃昏，那才真是寸寸黃金。在康河邊上過一個黃昏是一服靈魂的補劑。啊！我那時蜜甜的單獨，那時蜜甜的閒暇。一晚又一晚的，只見我出神似的倚在橋欄上向西天凝望：——

看一回凝靜的橋影，

數一數螺細的波紋，

我倚暖了石闌的青苔，

青苔涼透了我的內坎；……

還有幾句更笨重的怎能彷彿那游絲似輕妙的情景：

難忘七月的黃昏，遠樹凝寂，

像墨潑的山形，襯出輕柔暝色，

密稠稠，七分鵝黃，三分橘綠，

那妙意只可去秋夢邊緣捕捉；……

（四）

　　這河身的兩岸都是四季常青最蔥翠的草坪。從校友居的樓上望去，對岸草場上，不論早晚，永遠有十數匹黃牛與白馬，脛蹄沒在恣蔓的草叢中，從容的在咬嚙，星星的黃花在風中動蕩，應和著它們尾鬃的掃拂。橋的兩端有斜倚的垂柳與掬蔭護住。水是澈底的清澄，深不足四尺，勻勻的長著長條的水草。這岸邊的草坪又是我的愛寵，在清朝，在傍晚，我常去這天然的織錦上坐地，有時讀書，有時看水；有時仰臥著看天空的行雲，有時反撲著摟抱大地的溫軟。

　　但河上的風流還不止兩岸的秀麗。你得買船去玩。船不止一種；有普通的雙槳划船，有輕快的薄皮舟（canoe），有最別致的長形撐篙船（punt）。最末的一種是別處不常有的：約莫有二丈長，三尺寬，你站直在船梢上用長竿撐著走的。這撐是一種技術。我手腳太蠢，始終不曾學會：你初起手嘗試時，容易把船身橫住在河中，東顛西撞的狼狽。英國人是不輕易開口笑人的，但是小心他們不出聲的皺眉！也不知有多少次河中本來優閒的秩序叫我這莽撞的外行給搗亂了。我真的始終不曾學會；每回我不服輸跑去租船再試的時候，有一個白鬍子的船家往往帶譏諷的對我說："先生，這撐船費勁，天熱累人，還是拿個薄皮舟溜溜吧！"我那裏肯聽話，長篙子一點把船撐了開去，結果還是把河身一段段的腰斬了去。

你站在橋上去看人家撐，那多不費勁，多美！尤其在禮拜天有幾個專家的女郎，穿一身縞素衣服，裙裾在風前悠悠的飄著，戴一頂寬邊的薄紗帽，帽影在水草間顫動，你看她們出橋洞時的姿態，揪起一根竟像沒分量的長竿，只輕輕的，不經心的往波心裏一點，身子微微的一蹲，這船身便波的轉出了橋影，翠條魚似的向前滑了去。她們那敏捷，那閒暇，那輕盈，真是值得歌詠的。

在初夏陽光漸暖時你去買一支小船，划去橋邊蔭下躺著唸你的書或是做你的夢，槐花香在水面上飄浮，魚群的唼喋聲在你的耳邊挑逗。或是在初秋的黃昏，近著新月的寒光，望上流僻靜處遠去。愛熱鬧的少年們攜著他們的女友，在船沿上支著雙雙的東洋綵紙燈，帶著話匣子，船心裏用軟墊鋪著，也開向無人跡處去享他們的野福——誰不愛聽那水底翻的音樂在靜定的河上描寫夢意與春光！

　　住慣城市的人不易知道季候的變遷。看見葉子掉知道是秋，看見葉子綠知道是春；天冷了裝爐子，天熱了拆爐子；脫下棉袍，換上裌袍，脫下裌袍，穿上單袍：不過如此罷了。天上星斗的消息，地下泥土裏的消息，空中風吹的消息，都不關我們的事。忙著哪，這樣那樣事情多著，誰耐煩管星星的移轉，花草的消長，風雲的變幻？同時我們抱怨我們的生活、苦痛、煩悶、拘束、枯燥，誰肯承認做人是快樂？誰不多少間咒詛人生？

　　但不滿意的生活大都是由於自取的。我是一個生命的信仰者，我信生活決不是我們大多數人僅僅從自身經驗推得的那樣暗慘。我們的病根是在＂忘本＂。人是自然的產兒，就好比枝頭的花與鳥是自然的產兒；但我們不幸是文明人，入世深似一天，離自然還遠似一天。離開了泥土的花草，離開了水的魚，能快活嗎？能生存嗎？從大自然，我們取得我們的生命；從大自然，我們應分取得我們繼續的滋養。那一株婆娑的大木沒有盤錯的根柢深入在無盡藏的地裏？我們是永遠不能獨立的。有幸福是永遠不離母親撫育的孩子，有健康是永遠接近自然的人們。不必一定與鹿豕遊，不必一定回"洞府"去；為醫治我們當前生活的枯窘，只要"不完全遺忘自然"，一張輕淡的藥方我們的病象就有緩和的希望。在青草裏打幾個滾，到海水裏洗幾次浴，到高處去看幾次朝霞與晚照——你肩背上的負擔就會輕鬆了去的。

這是極膚淺的道理。當然，但我要沒有過過康橋的日子，我就不會有這樣的自信的，我一輩子就只那一春，說也可憐。算是不曾虛度。就只那一春，我的生活是自然的，是真愉快的（雖則碰巧那也是我最感受人生痛苦的時期）！我那時有的是閒暇，有的是自由，有的是絕對單獨的機會。說也奇怪，竟像是第一次，我辨認了星月的光明，草的青，花的香，流水的慇懃。我能忘記那初春的睥睨嗎？曾經有多少個清晨我獨自冒著冷去薄霜鋪地的林子裏閒步——為聽鳥語，為盼朝陽，為尋泥土裏漸次甦醒的花草，為體會最微細最神妙的春信。啊，那是新來的畫眉在那邊潤不盡的青枝上試它的新聲！啊，這是第一朵小雪球花掙出了半凍的地面！啊，這不是新來的潮潤沾上了寂寞的柳條？

靜極了，這朝來水溶溶的大道，只遠處牛奶

車的鈴聲，點綴這周遭的沉默。順著這大道走去，走到盡頭，再轉入林子裏的小徑，往煙霧濃密處走去，頭頂是交枝的榆蔭，透露著漠楞楞的曙色；再往前走去，走盡這林子，當前是平坦的原野，望見了村舍，初青的麥田，更遠三兩個饅形的小山掩住了一條通道。天邊是霧茫茫的，尖尖的黑影是近村的教寺。聽，那曉鐘和緩的清音。這一帶是此邦中部的平原，地形像是海裏的輕波，默沉沉的起伏；山嶺是望不見的，有的是常青的草原與沃腴的田壤。登那土阜上望去，康橋只是一帶茂林，擁戴著幾處娉婷的尖閣。嫵媚的康河也望不見蹤跡，你只能循那錦帶似的林木想像那一流清淺。村舍與樹林是這地盤上的棋子，有村舍處有佳蔭，有佳蔭處有村舍。這早朝是看炊煙的時辰：朝霧漸漸的升起，揭開了這灰蒼蒼的天幕（最好是霽散後的光景），遠近的炊煙，成絲的、成縷的、成卷的、輕快的、遲重的、濃灰的、淡青的、慘白的，在靜定的朝氣裏漸漸的上騰，漸漸的不見，彷彿是朝來人們的祈禱，參差的翳入了天聽。朝陽是難得見的，這初春的天氣。但它來時是起早人莫大的愉快。頃刻間這田野添深了顏色，一層輕紗似的金粉糝上了這草，這樹，這通道，這莊舍。頃刻間這周遭瀰漫了清晨富麗的溫柔。頃刻間你的心懷也分潤了白天誕生的光榮。"春"！這勝利的晴空彷彿在你的耳邊私語。"春"！你那快活的靈魂也彷彿在那裏迴響。

伺候著河上的風光，這春來一天有一天的消息。關心石上的苔痕，關心敗草裏的花鮮，關心這水流的緩急，關心水草的滋長，關心天上的雲霞，關心新來的鳥語。怯憐憐的小雪球是探春信的小使。鈴蘭與香草是歡喜的初聲。窈窕的蓮馨，玲瓏的石水仙，愛熱鬧的克羅克斯，耐辛苦的蒲公英與雛菊——這時候春光已是爛漫在人間，更不須慇懃問訊。

瑰麗的春放。這是你野遊的時期。可愛的路政，這裏不比中國，那一處不是坦蕩蕩的大道？徒步是一個愉快，但騎自轉車是一個更大的愉快，在康橋騎車是普遍的技術；婦人、稚子、老翁，一致享受這雙輪的快樂（在康橋聽說自轉車是不怕人偷的，就為人人都自己有車，沒人要偷）。任你選一個方向，任你上一條通道，順著這帶草味的和風，放輪遠去，保管你這半天的逍遙是你性靈的補劑。這道上有的是清蔭與美草，隨地都可以供你休憩。

你如愛花，這裏多的是錦繡似的草原。你如愛鳥，這裏多的是巧囀的鳴禽。你如愛兒童，這鄉間到處是可親的稚子。你如愛人情，這裏多的是不嫌遠客的鄉人，你到處可以“掛單”借宿，有酪漿與嫩薯供你飽餐，有奪目的果鮮恣你嚐新。你如愛酒，這鄉間每“望”都為你儲有上好的新釀，黑啤如太濃，蘋果酒、薑酒都是供你解渴潤肺的。……帶一卷書，走十里路，選一塊清靜地，看天，聽鳥，讀書，倦了時，和身在草綿綿處尋夢去 —— 你能想像更適情更適性的消遣嗎？

陸放翁有一聯詩句：“傳呼快馬迎新月，卻上輕輿趁晚涼；”這是做地方官的風流。我在康橋時雖沒馬騎，沒轎子坐，卻也有我的風流：我常常在夕陽西矖時騎了車迎著天邊扁大的日頭直追。日頭是追不到的。我沒有夸父的荒誕，但晚景的溫存卻被我這樣偷嚐了不少。有三兩幅畫圖似的經驗至今還是栩栩的留著。只說看夕陽，我們平常只知道登山或是臨海，但實際只須遼闊的天際，平地上的晚霞有時也是一樣的神奇。有一次我趕到一個地方，手把著一家村莊的籬笆，隔著一大田的麥浪，看西天的變幻。有一次是正衝著一條寬廣的大道，過來一大群羊，放草歸來的，偌大的太陽在它們後背放射著萬縷的金輝，天上卻是烏青青的，只剩這不可逼視的威光中的一條大路，一群生物！我心頭頓時感著神異性的壓迫，我真的跪下了，對著這冉冉漸翳的金光。再有一次是更不可忘的奇景，那是臨著一大片望不到頭的草原，滿開著艷紅的罌粟，在青草裏亭亭像是萬盞的金燈，陽光從褐色雲裏斜著過來，幻成一種異樣的紫色，透明似的不可逼視，霎那間在我迷眩了的視覺中，這草田變成了……不說也罷，說來你們也是不信的！

　　一別二年多了，康橋，誰知我這思鄉的隱憂？也不想別的，我只要那晚鐘撼動的黃昏，沒遮攔的田野。獨自斜倚在軟草裏，看第一個大星在天邊出現！

十五年一月十五日

吸煙與文化

（一）

　　牛津是世界上名聲壓得倒人的一個學府。牛津的秘密是它的導師制。導師的秘密，按利卡克教授說，是"對準了他的徒弟們抽煙"。真的在牛津或康橋地方要找一個不吸煙的學生是很費事的 —— 先生更不用提。學會抽煙，學會沙發上古怪的坐法，學會半吞半吐的談話 —— 大學教育就夠格兒了。"牛津人"、"康橋人"：還不觳抖嗎？我如其有錢辦學堂的話，利卡克說，第一件事情我要做的是造一間吸煙室，其次造宿舍，再次造圖書室；真要到了有錢沒地方花的時候再來造課堂。

（二）

　　怪不得有人就會說，原來英國學生就會吃煙，就會懶惰。臭紳士的架子！臭架子的紳士！難怪我們這年頭背心上刺刺的老不舒服，原來我們中間也來了幾個叫土巴菰煙臭薰出來的破紳士！

這年頭說話得謹慎些。提起英國就犯嫌疑。貴族主義！帝國主義！走狗！挖個坑埋了他！

實際上事情可不這麼簡單。侵略，壓迫，該咒是一件事，別的事情可不跟著走。至少我們得承認英國，就它本身說，是一個站得住的國家，英國人是有出息的民族。它有的是組織的生活，它有的是活氣的文化。我們也得承認牛津或是康橋至少是一個十分可羨慕的學府，它們是英國文化生活的娘胎。多少偉大的政治家、學者、詩人、藝術家、科學家，是這兩個學府的產兒 —— 煙味兒給薰出來的。

（三）

利卡克的話不完全是俏皮話。"抽煙主義" 是值得研究的。但吸煙室究竟是怎麼一回事？煙斗裏如何抽得出文化真髓來？對準了學生抽煙怎樣是英國教育的秘密？利卡克先生沒有描寫牛津康橋生活的真相；他只這麼說，他不曾說出一個所以然來。許有人願意聽聽的，我想。我也叫名在英國唸過兩年書，大部分的時間在康橋。但嚴格的說，我還是不夠資格的。我當初並不是像我的朋友溫源寧先生似的出了大金鎊正式去請教薰煙的：我只是一個，比方說，烤小半熟的白薯，離著焦味兒透香還正遠哪。但我在康橋的日子可真是享福，深怕這輩子再也得不到那樣蜜甜的機會了。我不敢說康橋給了我多少學問或是教會了我什麼。我不敢說受了康橋的洗禮，一個人就會變氣息，脫凡胎。我敢說的只是 —— 就我個人說，我的眼是康橋教我睜的，我的求知慾是康橋給我撥動的，我的自我的意識是康橋給我胚胎的。我在美國有整兩年，在英國也算是整兩年。在美國我忙的是上課，聽講，寫考卷，齦橡皮糖，看電影，賭咒。在康橋我忙的是散步，划船，騎自轉車，抽煙，閒談，吃五點鐘茶牛油烤餅，看閒書。如其我到美國的時候是一個不含糊的草包，我離開自由神的時候也還是那原封沒有動，但如其我在美國時候不曾通竅，我在康橋的日子至少自己明白了原先只是一肚子顢頇。這分別不能算小。

我早想談談康橋，對它我有的是無限的柔情。但我又怕褻瀆了它似的始終不曾出口。這年頭！只要貴族教育一個無意識的口號就可以把牛頓、達爾文、米爾頓、拜倫、華茨華斯、阿諾爾德、紐門、羅剎蒂、格蘭士頓等等所從來的母校一下抹煞。再說年來交通便利了，各式各種日新月異的教育原理教育新制翩翩的從各方向的外洋飛到中華，那還容得廚房老過四百年牆壁上爬滿騷鬍髭一類藤蘿的老書院一起來上講壇？

（四）

　　但另換一個方向看去，我們也見到少數有見地的人再也看不過國內高等教育的混沌現象，想跳開了蹂爛的道兒，回頭另尋新路走去。向外望去，現成有牛津康橋青藤繚繞的學院招著你微笑；回頭望去，五老峰下飛泉聲中白鹿洞一類的書院瞅著你惆悵。這浪漫的思鄉病跟著現代教育醜化的程度在少數人的心中一天深似一天。這機械性買賣性的教育夠膩煩了，我們說。我們也要幾間滿沿著爬山虎的高雪克屋子來安息我們的靈性，我們說。我們也要一個絕對閒暇的環境好容我們的心智自由的發展去，我們說。

林語堂先生在《現代評論》登過一篇文章談他的教育的理想。新近任叔永先生與他的夫人陳衡哲女士也發表了他們的教育的理想。林先生的意思約莫記得是想仿效牛津一類學府；陳任兩位是要恢復書院制的精神。這兩篇文章我認為是很重要的，尤其是陳任兩位的具體提議，但因為開倒車走回頭路分明是不合時宜，他們幾位的意思並不曾得到期望的迴響。想來現在的學者們太忙了，尋飯吃的，做官的，當革命領袖的，誰都不得閒，誰都不願閒，結果當然沒有人來關心什麼純粹教育（不含任何動機的學問）或是人格教育。這是個可憾的現象。

我自己也是深感這浪漫的思鄉病的一個；我只要“草青人遠，一流冷澗……”

但我們這想望的境界有容我們達到的一天嗎？

十五年一月十四日

北戴河海濱的幻想

　　他們都到海邊去了，我為左眼發炎不曾去。
我獨坐在前廊，偎坐在一張安適的大椅內，袒著胸
懷，赤著腳，一頭的散髮，不時的有風來撩拂。清
晨的晴爽，不曾消醒我初起時睡態；但夢思卻半被
曉風吹斷。我闔緊眼簾內視，只見一斑斑消殘的顏
色。一似晚霞的餘赭，留戀地膠附在天邊。廊前的
馬櫻，紫荊，藤蘿，青翠的葉與鮮紅的花，都將他
們的妙影映印在水汀上，幻出幽媚的情態無數；我
的臂上與胸前，亦滿綴了綠蔭的斜紋。從樹蔭的間
隙平望，正見海灣：海波亦似被晨曦喚醒，黃藍相
間的波光，在欣然的舞蹈。灘邊不時見白濤湧起，
迸射著雪樣的水花。浴線內點點的小舟與浴客，水
禽似的浮著；幼童的歡叫，與水波拍岸聲，與潛濤
嗚咽聲，相間的起伏，競報一灘的生趣與樂意。但
我獨坐的廊前，卻只是靜靜的，靜靜的無甚聲響。
嫵媚的馬櫻，只是幽幽的微展著，蠅蟲也斂翅不
飛，只有遠近樹裏的秋蟬在紡紗似的，引他們不盡

的長吟。

在這不盡的長吟中，我獨坐在冥想。難得是寂寞的環境，難得是靜定的意境；寂寞中有不可言傳的和諧，靜默中有無限的創造。我的心靈，比如海濱，生平初度的怒潮，已經漸次的消失，只剩有疏鬆的海砂中偶而的迴響，更有殘缺的貝殼，反映星月的輝芒。此時摸索潮餘的斑痕，追想當時洶湧的情景，是夢或是真，再亦不須辨問。只此眉梢的輕皺，唇邊的微哂，已足解釋無窮奧緒，深深的蘊伏在靈魂的微纖之中。

青年永遠趨向反叛，愛好冒險；永遠如初度航海者，幻想黃金機緣於浩淼的煙波之外：想割斷繫岸的纜繩，扯起風帆，欣欣的投入無垠的懷抱。他厭惡的是平安，自喜的是放縱與豪邁。無顏色的生涯，是他目中的荊棘；絕海與兇巇，是他愛取自由的途徑。他愛折玫瑰；為她的色香，亦為她冷酷的刺毒。他愛搏狂瀾：為他的莊嚴與偉大，亦為他吞噬一切的天才，最是激發他探險與好奇的動機。他崇拜衝動：不可測，不可節，不可預逆，起，動，消歇皆在無形中，狂飆似的倏忽與猛烈與神秘。他崇拜鬥爭：從鬥爭中求劇烈的生命之意義，從鬥爭中求絕對的實在，在血染的戰陣中，呼嗥勝利之狂歡或歌敗喪的哀曲。

幻象消滅是人生裏命定的悲劇；青年的幻滅，更是悲劇中的悲劇，夜一般的沉黑，死一般的兇惡，純粹的，猖狂的熱情之火，不同阿拉亭的神燈，只能放射一時的異彩，不能永久的朗照；轉瞬間，或許，便已斂熄了最後的焰舌，只留存有限的餘燼與殘灰，在未滅的餘溫裏自傷與自慰。

流水之光，星之光，露珠之光，電之光，在青年的妙目中閃耀，我們不能不驚訝造化者藝術之神奇；然可怖的黑影，倦與衰與飽饜的黑影，同時亦緊緊的跟著時日進行，彷彿是煩惱，痛苦，失敗，或庸俗的尾曳，亦在轉瞬間，彗星似的掃滅了我們最自傲的神輝——流水涸，明星沒，露珠散滅，電閃不再！

在這艷麗的日輝中，只見愉悅與歡舞與生趣，希望，閃鑠的希望，在蕩漾，在無窮的碧空中，在綠葉的光澤裏，在蟲鳥的歌吟中，在青草的搖曳中——夏之榮華，春之成功。春光與希望，是長駐的；自然與人生，是調諧的。

在遠處有福的山谷內，蓮馨花在坡前微笑，稚羊在亂石間跳躍，牧童們，有的吹著蘆笛，有的平臥在草地上，仰看幻想浮遊的白雲，放射下的青影在初黃的稻田中縹緲地移過。在遠處安樂的村中，有妙齡的村姑，在流澗邊照映她自製的春裙；口銜煙斗的農夫三四，在預度秋收的豐盈，老婦人們坐在家門外陽光中取暖，她們的周圍有不少的兒童，手擎著黃白的錢花在環舞與歡呼。

在遠——遠處的人間，有無限的平安與快樂，無限的春光……在此暫時可以忘卻無數的落蕊與殘紅；亦可以忘卻花蔭中掉下的枯葉，私語地預告三秋的情意；亦可以忘卻苦惱的僵瘋的人間，陽光與雨露的慰藉。不能再恢復他們腮頰上生命的微笑，亦可以忘卻紛爭的互殺的人間，陽光與雨露的仁慈，不能感化他們兇惡的獸性；亦可以忘卻庸俗的卑瑣的人間，行雲與朝露的豐姿，不能引逗他們剎那間的凝視；亦可以忘卻自覺的失望的人間，絢爛的春時與媚草，只能反激他們悲傷的意緒。

我亦可以暫時忘卻我自身的種種；忘卻我童年時期清風白水似的天真；忘卻我少年時期種種虛榮的希冀；忘卻我漸次的生命的覺悟；忘卻我熱烈的理想的尋求；忘卻我心靈中樂觀與悲觀的鬥爭；忘

卻我攀登文藝高峰的艱辛；忘卻剎那的啟示徹悟之
神奇；忘卻我生命潮流之驟轉；忘卻我陷落在危險
的漩渦中之幸與不幸；忘卻我追憶不完全的夢境；
忘卻我大海底裏埋著的秘密；忘卻曾經剶割我靈魂
的利刃，炮烙我靈魂的烈焰，摧毀我靈魂的狂風與
暴雨；忘卻我的深刻的怨與艾；忘卻我的冀與願；
忘卻我的恩澤與惠感；忘卻我的過去與現在……

　　過去的實在，漸漸的膨脹，漸漸的模糊，漸漸
的不可辨認；現在的實在，漸漸的收縮，逼成了意
識的一線，細極狹極的一線，又裂成了無數不相聯
續的黑點……黑點亦漸次的隱翳？幻術似的滅了，
滅了，一個可怕的黑暗的空虛……

"話"

　　絕對的值得一聽的話，是從不曾經人口說過
的；比較的值得一聽的話，都在偶然的低聲細語
中；相對的不值得一聽的話，是有規律有組織的文
字結構；絕對不值得一聽的話，是用不經修練，又
粗又蠢的嗓音所發表的語言。比如：正式會集的
演說，不論是運動女子參政或是宣傳色彩鮮明的主
義；學校裏講台上的演講，不論是山西鄉村裏訓闔
閭聖人用民主主義的冬烘先生的法寶，或是穿了前
紅後白道袍方巾的博士衣的瞎扯；或是充滿了煙土
披甲紳開口天父閉口阿門的講道 —— 都是屬於我所
說最後的一類：都是無條件的根本的絕對的不值得
一聽的話。歷代傳下來的經典，大部分的文學書，
小部分的哲學書，都是未了第二類 —— 相對的不
值得一聽的話。至於相對的可聽的話，我說大概都
在偶然的低聲細語中：例如真詩人夢境最深 ——
詩人們除了做夢再沒有正當的職業 —— 神魂還在
詳雲縹緲之間那時候隨意吐露出來的零句斷片，英

國大詩人宛茨渥士所謂茶壺煮沸時嘶嘶的微音；最可以象徵入神的詩境 —— 例如李太白的 "我醉欲眠卿且去，明朝有意抱琴來"，或是開茨的 "There I shut her wild, wild eyes. With Kisses four"，你們知道宛茨渥士和雪萊他們不朽的詩歌，大都是在田野間，海灘邊，樹林裏，獨自徘徊著像離魂病似的自言自語的成績；法國的波特萊亞、凡爾侖他們精美無比妙句，很多是受了烈性的麻醉劑 —— 大蔴或是鴉片 —— 影響的結果。這種話比較的很值得一聽。還有青年男女初次受了頑皮的小愛神箭傷以後。心跳肉顫面紅耳赤的在花蔭間，在課室內，或在月涼如洗的墓園裏，含著一包眼淚吞吐出來的 —— 不問怎樣的不成片段，怎樣的違反文法 —— 往往都是一顆顆稀有的珍珠，真情真理的凝晶。但諸君要聽明白了，我說值得一聽的話大都是在偶然的低聲和語中，不是說凡是低聲和語都是值得一聽的，要不然外交廳屏風後的交頭接耳，家裏太太月底月初枕頭邊的小嚕嗉，都有了詩的價值了！

　　絕對的值得一聽的話，是從不曾經人口道過的。整個的宇宙，只是不斷的創造；所有的生命，只是個性的表現。真消息，真意義，內蘊在萬物的本質裏，好像一條大河，網絡似的支流，隨地形的結構，四方錯綜著，由大而小，由小而微，由微而隱，由有形至無形，由可數至無限，但這看來極複雜的組織所表明的只是一個單純的意義，所表現的只是一體活潑的精神；這精神是完全的，整個的，實在的；唯其因為是完全整個實在而我們人的心力智力所能運用的語言文字，只是不完全非整個的，模擬的，象徵的工具，所以人類幾千年來文化的成績，也只是想猜透這大迷謎似是而非的各種的嘗試。人是好奇的動物；我們的心智，便是好奇心活動的表現。這心智的好奇性便是知識的起源。一部知識史，只是歷盡了九九八十一大難卻始終沒有望見極樂世界求到大藏真經的一部《西遊記》。說是快樂吧，明明是劫難相承的苦惱，苦惱中又分明有無限的安慰。我們各個人的一生便是人類全史的縮小，雖則不敢說我們都是尋求真理的合格者，但至少我們的胸中，在現在生命的出發時期，總應該培養一點尋求真理的誠心，點起一盞尋求真理的明燈，不至於在生命的道上只是暗中摸索，不至於盲目的走到了生命的盡頭，什麼發見都沒有。

　　但雖則真消息與真意義是不可以人類智力所能

運用的工具 —— 就是語言文字 —— 來完全表現，同時我們又感覺內心尋真求知的衝動，想偵探出這偉大的秘密，想把宇宙與人生的究竟，當作一朵盛開的大紅玫瑰，一把抓在手掌中心，狠勁的緊擠，把花的色、香、靈肉，和我們自己愛美、愛色、愛香的烈情，絞和在一起，實現一個徹底的痛快；我們初上生命和知識舞台的人，誰沒有也許多少深淺不同，浮士德的大野心，他想 "discover the force that binds the world and guides its course"，誰不想在知識界裏，做一個籠涵一切的拿破崙？這種想為王為霸的雄心，都是生命原力內動的徵象，也是所有的大詩人、大藝術家最後成功的預兆；我們的問題就在怎樣能替這一腔還在潛伏狀態中的活潑的蓬勃的心力心能，開闢一條或幾條可以盡情發展的方向，使這一盞心靈的神燈，一度點著以後，不但繼續的有燃料的供給，而且能在狂風暴雨的境地裏，益發的光焰神明；使這初出山的流泉，漸漸的匯成活潑的小澗，沿路再併合了四方來會的支流，雖則初起經過崎嶇的山路，不免辛苦，但一到了平原，便可以放懷的奔流，成河成江，自有無限的前途了。

真偉大的消息都蘊伏在萬事萬物的本體裏，要聽值得一聽的話，只有請教兩位最偉大的先生。

現放在我們面前的兩位大教授，不是別的，就是生活本體與大自然。生命的現象，就是一個偉大不過的神秘；牆角的草蘭，岩石上的苔蘚，北洋冰天雪地裏極熊水獺，城河邊咕咕叫夜的水蛙，赤道上火焰似沙漠裏的爬蟲，乃至於瀰漫在大氣中的微菌，大海底最微妙的生物；總之太陽熱照到或能透到的地域，就有生命現象。我們若然再看深一層，不必有菩薩的慧眼，也不必有神秘詩人的直覺，但憑科學的常識，便可以知道這整個的宇宙，只是一團活潑的呼吸，一體普遍的生命，一個奧妙靈動的整體。一塊極粗極醜的石子，看來像是全無意義毫無生命，但在顯微鏡底下看時，你就在這又粗又醜的石塊裏，發現一個神奇的宇宙，因為你那時所見的，只是千變萬化顏色花樣各自不同的種種結晶體，組成藝術家所不能想像的一種排列；若然再進一層研究，這無量數的凝晶各個的本體，又是無量數更神奇不可思議的電子所組成：這裏面又是一個Cosmos，彷彿燦爛的星空，無量數的星球同時在放光輝在自由地呼吸著。

但我們決不可以為單憑科學的進步就能看破宇

宙結構的秘密。這是不可能的。我們打開了一處知識的門，無非又發現更多還是關得緊緊的，猜中了一個小迷謎，無非從這猜中裏又引一個更大更難猜的迷謎，爬上了一個山峰，無非又發現前面還有更高更遠的山峰。

這無窮盡性便是生命與宇宙的通性。知識的尋求固然不能到底，生命的感覺也有同樣無限的境界，我們在地面上做人這場把戲裏，雖則是霎那間的幻象，欲是有的是好玩，只怕我們的精力不夠，不會學得怎樣玩法，不怕沒有相當的趣味與報酬。

所以重要的在於養成與保持一個活潑無礙的心靈境地，利用天賦的身與心的能力，自覺的儘量發展生活的可能性。活潑無礙的心靈境界比如一張繃緊的絃琴，掛在松林的中間，感受大氣小大快慢的動蕩，發出高低緩急同情的音調。我們不是最愛自由最惡奴從嗎？但我們向生命的前途看時，恐怕不易使我們樂觀，除我們一點無形無蹤的心靈以外，種種的勢力只是強迫我們做奴做隸的勢力：種種對人的心與責任，社會的習慣，機械的教育，沾染的偏見，都像沙漠的狂風一樣，捲起滿天的砂土，不時可以把我們可憐的旅行人整個兒給埋了！

這就是宗教家出世主義的大原因，但出世者所能實現的至多無非是消極的自由，我們所要的卻不止此。我們明知向前是奮鬥，但我們卻不肯做逃兵，我們情願將所有的精液，一齊發洩成奮鬥的汗，與奮鬥的血，只要能得最後的勝利，那時儘量的痛苦便是儘量的快樂。我們果然有從生命的現象與事實裏，體驗到生命的實在與意義；能從自然界的現象與事實裏，領會到造化的實在與意義，那時隨我們付多大的價錢，也是值得的了。

要使生命成為自覺的生活，不是機械的生存，是我們的理想。要從我們的日常經驗裏，得到培保心靈擴大人格的滋養，是我們的理想。要使我們的心靈，不但消極的不受外物的拘束與壓迫，並且永遠在繼續的自動，趨向創作，活潑無礙的境界，是我們的理想。使人們的精神生活，取得不可否認的實在，使我們生命的自覺心，像大雪天滾雪球一般的愈滾愈大，不但在生活裏能同化極偉大極深沉與極隱奧的情感，並且能領悟到大自然一草一木的精神，是我們的理想。使天賦我們靈肉兩部的勢力，盡性的發展，趨向最後的平衡與和諧，是我們的理想。

理想就是我們的信仰，努力的標準，果然我們能運用想像力為我們自己懸凝一個理想的人格，同時運用理智的機能，認定了目標努力去實現那理想，那時我們奮鬥的經程中，一定可以得到加倍的勇氣，遇見了困難，也不至於失望，因為明知是題中應有的文章，我們的立身行事，也不必遷就社會已成的習慣與法律的範圍，而自能折中於超出尋常所謂善惡的一種更高的道德標準；我們那時便可以借用李太白當時躲在山裏自得其樂時答覆俗客的妙句，"落花流水杳然去，別有天地非人間"！

我們也明知這不是可以偶然做到的境界；但問題是在我們能否見到這境界，大多數人只是不黑不白的生，不黑不白的死，耗費了不少的食料與飲料，耗費了不少的時間與空間，結果連自己的臭皮囊都收拾不了，還要連累旁人；能見到的人已經不少，見到而能盡力去做的人當然更少，但這極少數人卻是文化的創造者，便能在梁任公先生說的那把宜興茶壺裏留下一些不磨的痕跡。

我個人也許見言太偏僻了，但我實在不敢信人為的教育，他動的訓練，能有多大價值；我最初最後的一句話只是"自身體驗去"，真學問、真知識決不是在教室中書本裏所能求得的。

　　大自然才是一大本絕妙的奇書，每張上都寫有無窮無盡的意義，我們只要學會了研究這一大本書的方法，多少能夠瞭解他內容的奧義，我們的精神生活就不怕沒有資養，我們理想的人格就不怕沒有基礎。但這本無字的天書，決不是沒有相當的準備就能一目了然的：我們初識字的時候，打開書本子來，只見白紙上畫的許多黑影，那裏懂得什麼意義。我們現有的道德教育裏那一條訓條，我們不能在自然界感到更深徹的意味，更親切的解釋？每天太陽從東方的地平上升，漸漸的放光，漸漸的放彩，漸漸的驅散了黑夜，掃蕩了滿天沉悶的雲霧，霎刻間臨照四方，光滿大地；這是何等的景象？夏夜的星空，張著無量數光芒閃鑠的神眼，襯出浩渺無極的穹蒼，這是何等的偉大景象？大海的濤聲不住的在呼嘯起落，這是何等偉大奧妙的景象？高山頂上一體的純白，不見一些雜色，只有天氣飛舞著，雲彩變幻著，這又是何等高尚純粹的景象？小而言之，就是地上一棵極賤的草花，他在春風與艷陽中搖曳著，自有一種莊嚴愉快的神情，無怪詩人見了，甚至內感"非涕淚所能宣洩的情緒"。宛茨渥士說的自然"大力回容,有鎮馴矯飭之功",這是我們的真教育。但自然最大的教訓,尤在"凡物各盡其性"的現象。玫瑰是玫瑰,海棠是海棠,魚是魚,鳥是鳥,野草是野草,流水是流水;各有各的特性,各有各的效用,各有各的意義。仔細的觀察與悉心體會的結果,不由你不感覺萬物造作之神奇,不由你不相信萬物的底裏是有一致的精神流貫其間,宇宙是合理的組織,人生也無非這大系統的一個關節。因此我們也感想到人類也許是最無出息的一類。一莖草有他的嫵媚,一塊石子也有他的特點,獨有人反只是庸生庸死,大多數非但終身不能發揮他們可能的個性,而且遺下或是醜陋或是罪惡一類不潔淨的蹤跡,這難道也是造物主的本意嗎?

我前面說過所有的生命只是個性的表現。只要在有生的期間內,將天賦可能的個性儘量的實現,就是造化旨意的完成。我這幾天在留心我們館裏的月季花,看他們結苞,看他們開放,看他們逐漸的盛開,看他們逐漸的憔悴,逐漸的零落。我初動的感情覺得是可悲,何以美的幻象這樣的易滅,但轉念卻覺得不但不必為花悲,而且感悟了自然生生不已的妙意。花的責任,就在集中他春來所吸受陽光雨露的精神，開成色香兩絕的好花，精力完了便自落地成泥，圓滿功德，明年再來過。只有不自然的被摧殘了，不能實現他自傲色香的一兩天，那才是可傷的耗費。

不自然的殺滅了發長的機會，才是可惜，才是違反天意。我們青年人應該時時刻刻地把這個原則放在心裏。不能在我生命實現人之所以為人，我對不起自己。在為人的生活裏不能實現我之所以為我，我對不起生命；這個原則我們也應該時時放在心裏。

我們人類最大的幸福與權力，就是在生活裏有相當的自由活動，我們可以自覺的調劑，整理，修飾，訓練我們生活的態度，我們既然瞭解了生活只是個性的表現，只是一種藝術，就應得利用這一點特權將生活看作藝術品，謹慎小心的做法。運命論我們是不相信的，但就是相面算命先生也還承認心有改相致命的力量。環境論的一部分我們不得不承認，但是心靈支配環境的可能，至少也與環境支配生活的可能相等，除非我們自願讓物質的勢力整兒撲滅了心靈的發展，那才是生活裏最大的悲慘。

我們的一生不成材不礙事：材是有用的意思；

不成器也不礙事，器也是有用的意思。生活卻不可不成品，不成格，品格就是個性的外觀，是對於生命本體，不是對於其餘的標準，例如社會家庭 —— 直接擔負的責任；橡樹不是榆樹，翠鳥不是鴿子，各有各的特異的品格。在造化的觀點看來，橡樹不是為櫃子衣架而生，鴿子也不是為我們愛吃五香鴿子而存。這是他們偶然的用或被利用，物之所以為物的本義是在實現他天賦的品性，實現內部精力所要求的特異的格調。我們生命裏所包涵的活力，也不問你在世上做將，做相，做資本家，做勞動者，做國會議員，做大學教授，而只要求一種特異品格的表現，獨一的，自成一體的，不可以第二類相比稱的，猶之一樹上沒有兩張絕對相同的葉子，我們四百萬萬人裏也沒有兩個相同的鼻子。而要實現我們真純的個性，決不是僅僅在外表的行為上務為新奇務為怪僻 —— 這是變性不是個性 —— 真純的個性是心靈的權力能夠統制與調和身體，理智、情感、精神，種種造成人格的機能以後自然流露的狀態，在內不受外物的障礙，像分光鏡似的靈敏，不論是地下的泥砂，不論是遠在萬萬里外的星辰，只要光路一對準，就能分出他光浪的特性；一次經驗便是一次發明，因為是新的結合，新的變化。有了這樣的內心生活，發之於外，當然能超於人為的條例而能與更深奧卻更實在的自然規律相呼應，當然能實現一種特異的品與格，當然能在這大自然的系統裏盡他的特異的貢獻，證明他自身的價值。懂了物各盡其性的意義再來觀察宇宙的事物，實在沒有一件東西不是美的，一葉一花是美的不必說，就是毒性的蟲，比如蠍子，比如螞蟻，都是美的。只有人，造化期望最深的人，卻是最辜負的，最使人失望的，因為一般的人，都是自暴自棄，非但不能盡性，而且到底總是糟塌了原來可以為美可以為善的本質。

慚愧呀！人！好好一個可以做好文章的題目，卻被你寫做一篇一竅不涌的濫調；好好一個書顯，好好一張帆布，好好的顏色，都被你塗成奇醜不堪的濫畫；好好的雕刀與花崗石，卻被你斫成荒謬惡劣的怪像！好好的富有靈性可以超脫物質與普遍的精神共化永生的生命，卻被你糟塌褻瀆成了一種醜陋庸俗卑鄙齷齪的廢物！

生活是藝術。我們的問題就在怎樣的運用我們現成的材料，實現我們理想的作品；怎樣的可以像密仡郎其羅一樣，取到了一大塊礦山裏初開出來的白石，一眼望過去，就看出他想像中的造的像，已經整個的嵌穩著，以後只要下打開石子把他不受損傷的取了出來的工夫就是。所以我們再也不要抱怨環境不好不適宜，阻礙我們自由的發展，或是教育不好不適宜，不能獎勵我們自由的發展。發展或是壓滅，自由或是奴從，真生命或是苟活，成品或是無格——一切都在我們自己，全看我們在青年時期有否生命的覺悟，能否培養與保持心靈的自由，能否自覺的努力，能否把生活當作藝術，一筆不苟的做去。我所以回返重複的說明真消息、真意義、真教育決非人口或書本子可以宣傳的，只有集中了我們的靈感性直接的一面向生命本體，一面向大自然耐心去研究，體驗，審察，省悟，方才可以多少瞭解生活的趣味與價值與他的神聖。

因為思想與意念，都起於心靈與外象的接觸：創造是活動與變化的結果。真純的思想是一種想像的實在，有他自身的品格與美，是心靈境界的彩虹，是活著的胎兒。但我們同時有智力的活動，感動於內的往往有表現於外的傾向——大畫家米萊氏說深刻的印象往往自求外觀，而且自然的會尋出最

強有力的方法來表現 —— 結果無形的意念便化成
有形可見的文字或是有聲可聞的語言，但文字語言
最高的功用就在能象徵我們原來的意念，他的價值
也止於憑藉符號的外形，暗示他們所代表的當時的
意念。而意念自身又無非是我們心靈的照海燈偶然
照到實在的海裏的一波一浪或一島一嶼，文字語言
本身又是不完善的工具，再加之我們運用駕馭力的
薄弱，所以文字的表現很難得是勉強可以滿足的。
我們隨便翻開那一本書，隨便聽人講話，就可以發
現各式各樣的文字障，與語言習慣障，所以既然我
們自己用語言文字來表現內心的現象已經至多不過
勉強的適用，我們如何可以期望滿心只是文字障與
語言習慣障的他人，能從呆板的符號裏領悟到我們
一時神感的意念。佛教所以有禪宗一派，以不言傳
道，是很可尋味的 —— 達摩面壁十年，就在解脫
文字障直接明心見道的工夫。現在的所謂教育尤其
是離本更遠，即使教育的材料最初是有多少活的成
分，但經了幾度的轉換，無意識的傳授，只能變成
死的訓條 —— 穆勒約翰說的 "Dead dogma" 不是
"Living idea"，我個人所以根本不信任人為的教育能
有多大的價值，對於人生少有影響不用說，就是認

為灌輸知識的方法，照現有的教育看來，也免不了硬而且蠢的機械性。

但反過來說，既然人生只是表現，而語言文字又是人類進化到現在比較的最適用的工具，我們明知語言文字如同政府與結婚一樣是一件不可免的沒奈何事，或如尼采說的是"人心的牢獄"，我們還是免不了他。我們只能想法使他增加適用性，不能拋棄了不管。我們只能做兩部分的工夫：一方面消極的防止文字障語言習慣障的影響；一方面積極的體驗心靈的活動，極謹慎的極嚴格的在我們能運用的字類裏選出比較的最確切最明瞭最無疑義的代表。

這就是我們應該應用《自覺的努力》的一個方向。你們知道法國有個大文學家弗洛貝爾，他有一個信仰，以為一個特異的意念只有一個特異的字或字句可以表現，所以他一輩子艱苦卓絕的從事文學的日子，只是在尋求唯一適當的字句來代表唯一相當的意念。他往往不吃飯不睡，獸獸的獨自坐著，絞著腦筋的想，想尋出他稱心愜意的表現，有時他煩惱極了，甚至想自殺，往往想出了神，幾天寫不成一句句子。試想像他那樣偉大的天才，那樣豐富的學識，尚且要下這樣的苦工，方才製成不朽的文學，我們看了他的榜樣不應該感動嗎？

不要說下筆寫，就是平常說話，我們也應有相當的用心——一句話可以洩露你心靈的淺薄，一句話可以證明你自覺的努力，一句話可以表示你思想的糊塗，一句話可以留下永久的印象。這不是說話要漂亮，要流利，要有修辭的功夫，那都是不重要的：最重要的是對內心意念的忠實，與適當的表現。固然有了清明的思想，方能有清明的語言，但表現的忠實，與不苟且運用文字的決心，也就有糾正鬆懈的思想與警醒心靈的功效。

我們知道說話是表現個性極重要的方法，生活既然是一個整體的藝術，說話當然是這藝術裏的重要部分。極高的功夫往往可以從極小的起點做去。我們實現生命的理想，也未始不可從注意說話做起。

落葉

　　前天你們查先生來電話要我講演，我說但是我沒有什麼話講，並且我又是最不耐煩講演的。他說：你來罷，隨你講，隨你自由的講，你愛說什麼就說什麼。我們這裏你知道這次開學情形很困難，我們學生的生活很枯燥，很悶，我們要你來給我們一點活命的水。這話打動了我。枯燥、悶，這我懂得。雖則我與你們諸君是不相熟的，但這一件事實，你們感覺生活枯悶的事實，卻立即在我與諸君無形的關係間，發生了一種真的深切的同情。我知道煩悶是怎麼樣一個不成形不講情理的怪物，他來的時候，我們的全身彷彿被一個大蜘蛛網蓋住了，好容易掙出了這條手臂，那條又叫黏住了。那是一個可怕的網子。我也認識生活枯燥，他那可厭的面目，我想你們也都很認識他。他是無所不在的，他附在個個人的身上，他現在個個人的臉上。你望望你的朋友去，他們的臉上有他，你自己照鏡子去，你的臉上，我想，也有他，可怕的枯燥，好比是一種毒劑，他一進了我們的血液，我們的性情，我們的皮膚就變了顏色，而且我怕是離著生命遠，離著墳墓近的顏色。

我是一個信仰感情的人，也許我自己天生就是一個感情性的人。比如前幾天西風到了，那天早上我醒的時候是凍著才醒過來的，我看著紙窗上的顏色比往常的淡了，我被窩裏的肢體像是浸在冷水裏似的，我也聽見窗外的風聲，吹著一棵棗樹上的枯葉，一陣一陣的掉下來，在地上捲著，沙沙的發響，有的飛出了外院去，有的留在牆角邊轉著，那聲響真像是嘆氣。我因此就想起這西風，冷醒了我的夢，吹散了樹上的葉子，他那成績在一般饑荒貧苦的社會裏一定格外的淒慘。那天我出門的時候，果然見街上的情景比往常不同了；窮苦的老頭、小孩全躲在街角上發抖；他們遲早免不了樹上枯葉子的運命。那一天我就覺得特別的悶，差不多發愁了。

因此我聽著查先生說你們生活怎樣的煩悶，怎樣的乾枯，我就很懂得，我就願意來對你們說一番話。我的思想 —— 如其我有思想 —— 永遠不是成系統的。我沒有那樣的天才。我的心靈的活動是衝動性的，簡直可以說痙攣性的，思想不來的時

候，我不能要他來，他來的時候，就比如穿上一件
濕衣，難受極了，只能想法子把他脫下。我有一個
比喻，我方才說起秋風裏的枯葉；我可以把我的思
想比作樹上的葉子，時期沒有到，他們是不很會掉
下來的；但是到時期了，再要有風的力量，他們就
只能一片一片的往下落；大多數也許是已經沒有生
命了的，枯了的，焦了的，但其中也許有幾張還留
著一點秋天的顏色，比如楓葉就是紅的，海棠葉就
是五彩的。這葉子實用是絕對沒有的；但有人，比
如我自己，就有愛落葉的癖好。他們初下來時顏色
有很鮮艷的，但時候久了，顏色也變。除非你保存
得好。所以我的話，那就是我的思想，也是與落葉
一樣的無用，至多有時有幾痕生命的顏色就是了。
你們不愛的盡可以隨意的踩過，絕對不必理會；但
也許有少數人有緣分的，不責備他們的無用，竟許
會把他們撿起來揣在懷裏，間在書裏，想延留他們
幽澹的顏色。感情，真的感情，是難得的，是名貴
的，是應當共有的；我們不應該拒絕感情，或是壓
迫感情，那是犯罪的行為，與壓住泉眼不讓上沖，
或是掐住小孩不讓喘氣一樣的犯罪。人在社會裏本
來是不相連續的個體。感情，先天的與後天的，是

一種線索，一種經緯，把原來分散的個體織成有文章的整體。但有時線索也有破爛與渙散的時候，所以一個社會裏必須有新的線索繼續的產出，有破爛的地方去補，有渙散的地方去拉緊，才可以維持這組織大體的勻整，有時生產力特別加增時，我們就有機會或是推廣，或是加添我們現有的面積，或是加密，像網球板穿雙線似的，我們現成的組織，因為我們知道創造的勢力與破壞的勢力，建設與潰敗的勢力，上帝與撒旦的勢力，是同時存在的。這兩種勢力是在一架天平上比著；他們很少平衡的時候，不是這頭沉，就是那頭沉。是的，人類的運命是在一架大天平上比著，一個巨大的黑影，那是我們集合的化身，在那裏看著，他的手裏滿拿著分量的砝碼，一會往這頭送，一會又往那頭送，地球盡轉著，太陽、月亮、星，輪流的照著，我們的運命永遠是在天平線上稱著。

　　我方才說網球拍，不錯，球拍是一個好比喻。你們打球的知道網拍上那裏幾根線是最吃重，最要緊，那幾根線要是特別有勁的時候，不僅你對敵時拉球、抽球、拍球、格外來的有力，出色，並且你的拍子也就格外的經用。少數特強的分子保持了全體的勻整。這一條原則應用到人道上，就是說，假如我們有力量加密，加強我們最普通的同情線，那線如其穿連得到所有跳動的人心時，那時我們的大網子就堅實耐用，天津人說的，就有根。不問天時怎樣的壞，管他雨也罷，雲也罷，霜也罷，風也罷，管他水流怎樣的急，我們假如有這樣一個強有力的大網子，那怕不能在時間無盡的洪流裏 ── 早晚網起無價的珍品，那怕不能在我們運命的天平上重重的加下創造的生命的分量？

　　所以我說真的感情，真的人情，是難能可貴的，那是社會組織的基本成分。初起也許只是一個人心靈裏偶然的震動，但這震動，不論怎樣的微弱，就產生了及遠的波紋；這波紋要是喚得起同情的反應時，原來細的便併成了粗的，原來弱的便合成了強的，原來脆性的便結成了韌性的，像一縷縷的葦蘇打成了粗繩似的；原來只是微波，現在掀成了大浪，原來只是山罅裏的一股細水，現在流成了滾滾的大河，向著無邊的海洋裏流著。比如耶穌在山頭上的訓道（Sermon on the mount）還不是有限的幾句話，但這一篇短短的演說，卻制定了人類想望的止境，建設了絕對的價值的標準，創造了一個純粹的完全的宗教。那是一件大事實，人類歷史上一件最偉大的事實。再比如釋迦牟尼感悟了生老病死的究竟，發大慈悲心，發大勇猛心，發大無畏心，拋棄了他人間的地位，富與貴，家庭與妻子，直到深山裏去修道，結果他也替苦悶的人間打開了一條解放的大道，為東方民族的天才下一個最光華的定義。那又是人類歷史上的一件奇跡。但這樣大事的起源還不止是一個人的心靈裏偶然的震動，可不僅僅是一滴最透明的真摯的感情滴落在黑沉沉的宇宙間？

感情是力量，不是知識。人的心是力量的府庫，不是他的邏輯。有真感情的表現，不論是詩是文是音樂是雕刻或是畫，好比是一塊石子擲在平面的湖心裏，你站著就看得見他引起的變化。沒有生命的理論，不論他論的是什麼理，只是拿石塊扔在沙漠裏，無非在乾枯的地面上添一顆乾枯的分子，也許擲下去時便聽得出一些乾枯的聲響，但此外只是一大片死一般的沉寂了。所以感情才是成江成河的水泉，感情才是織成大綱的線索。

但是我們自己的網子又是怎麼樣呢？現在時候到了，我們應當張大了我們的眼睛，認明白我們周圍事實的真相。我們已經含糊了好久，現在再不容含糊的了。讓我們來大聲的宣佈我們的網子是壞了的，破了的，爛了的；讓我們痛快的宣告我們民族的破產，道德、政治、社會、宗教、文藝，一切都是破產了的。我們的心窩變成了蠹蟲的家，我們的靈魂裏住著一個可怕的大謊！那天平上沉著的一頭是破壞的重量，不是創造的重量；是潰敗的勢力，不是建設的勢力；是撒旦的魔力，不是上帝的神靈。霎時間這邊路上長滿了荊棘。那邊道上湧起了洪水，我們頭頂有駭人的聲響，是雷霆還是炮火呢？我們周圍有一哭聲與笑聲，哭是我們的靈魂受污辱的悲聲，笑是活著的人們瘋魔了的獰笑，那比鬼哭更聽的可怕，更凄慘。我們張開眼來看時，差不多更沒有一塊乾淨的土地，那一處不是叫鮮血與眼淚沖毀了的；更沒有平安的所在，因為你即使忘得了外面的世界，你還是躲不了你自身的煩悶與苦痛。不要以為這樣混沌的現象是原因於經濟的不平等，或是政治的不安定，或是少數人的放肆的野心。這種種都是空虛的，欺人自欺的理論，說著容易，聽著中聽，因為我們只盼望脫卸我們自身的責任，只要不是我的份，我就有權利罵人，但這是，我著重的說，懦怯的行為；這正是我說的我們各個人靈魂裏躲著的大謊！你說少數的政客，少數的軍人，或是少數的富翁，是現在變亂的原因嗎？我現在對你說：先生，你錯了，你很大的錯了，你太恭維了那少數人，你太瞧不起你自己。讓我們一致的來承認，在太陽普遍的光亮底下承認，我們各個人的罪惡，各個人的不潔淨，各個人的苟且與懦怯與卑鄙！我們是與最骯髒的一樣的骯髒，與最醜陋的一般的醜陋，我們自身就是我們運命的原因。除非我們能起拔了我們靈魂裏的大謊，我們就沒有救度；我們要把祈禱的火焰把那鬼燒淨了去，我們要把懺悔的眼淚把那鬼沖洗了去，我們要有勇敢來承當罪惡；有了勇敢來承當罪惡，方有膽量來決鬥罪惡。再沒有第二條路走。如其你們可以容恕我的厚顏，我想唸我自己近作的一首詩給你們聽，因為那首詩，正是我今天講的話的更集中的表現 ——

毒藥

今天不是我歌唱的日子，我口邊涎著獰惡的微笑，不是我說笑的日子，我胸懷間插著發冷光的利刃；相信我，我的思想是惡毒的因為這世界是惡毒的，我的靈魂是黑暗的因為太陽已經滅絕了光彩，我的聲調是像墳堆裏的夜像因為人間已經殺盡了一切的和諧，我的口音像是冤鬼責問他的仇人因為一切的恩已經讓路給一切的怨；

但是相信我，真理是在我的話裏，雖則我的話像是毒藥，真理是永遠不含糊的，雖則我的話裏彷彿有兩頭蛇的舌，蠍子的尾尖，蜈蚣的觸鬚；只因為我的心裏充滿著比毒藥更強烈，比咒詛更狠毒，比火焰更猖狂，比死更深奧的不忍心與憐憫心與愛心，所以我說的話是毒性的，咒詛的，燎灼的，虛無的；

相信我，我們一切的準繩已經埋沒在珊瑚土打緊的墓宮裏，最勁洌的祭餚的香味也穿不透這嚴封的地層：一切的準則是死了的；

我們一切的信心像是頂爛在樹枝上的風箏，我們手裏擎著這迸斷了的鷂線：一切的信心是爛了的；

相信我，猜疑的巨大的黑影，像一塊烏雲似的，已經籠蓋著人間一切的關係：人子不再悲哭他新死的親娘，兄弟不再來攜著他姊妹的手，朋友變成了寇仇，看家的狗回頭來咬他主人的腿：是的，猜疑淹沒了一切；在路旁坐著啼哭的，在街心裏站著的，在你窗前探望的，都是被姦污的處女：池潭裏只見些爛破的鮮艷的荷花；

在人道惡濁的澗水裏流著，浮荇似的，五具殘缺的屍體；

它們是仁義禮智信，向著時間無盡的海瀾裏流去；這海是一個不安靜的海，波濤猖獗的翻著，在每個浪頭的小白帽上分明的寫著人慾與獸性；到處是姦淫的現象；貪心擁抱著正義，猜忌逼迫著同情，懦怯猥褻著勇敢，肉慾侮弄著戀愛，暴力侵淩著人道，黑暗踐踏著光明；聽呀，這一片淫猥的聲響，聽呀，這一片殘暴的聲響；虎狼在熱鬧的市街裏，強盜在你們妻子的床上　罪惡在你們深奧的靈魂裏⋯⋯

白旗

來，跟著我來，拿一面白旗在你的手裏 ── 不是上面寫著激動怨毒，鼓勵殘殺字樣的白旗，也不是塗著不潔淨血液的標記的白旗，也不是畫著懺悔與咒語的白旗（把懺悔畫在你們的心裏）；你們排列著，噤聲的，嚴肅的，像送喪的行列，不容許臉上留存一絲的顏色，一毫的笑容，嚴肅的，噤聲的，像一隊決死的兵士；

現在時辰到了，一齊舉起你們手裏的白旗，像舉起你們的心一樣，仰看著你們頭頂的青天，不轉瞬的，恐惶的，像看著你們自己魂一樣；現在時辰到了，你們讓你們熬著，甕著，迸裂著，滾沸著的眼淚流，直流，狂流，自由的流，痛快的流，盡性的流，像山水出峽似的流，像暴雨傾盆似的流……

現在時辰到了，你們讓你們咽著，壓迫著，掙扎著，洶湧著的聲音嚎，狂嚎，放肆的嚎，兇狠的嚎，像颶風在大海波濤間的嚎，像你們喪失了最親愛的骨肉時的嚎……

現在時辰到了，你們讓你們回復了的天性懺悔，讓眼淚的滾油煎淨了的，讓嚎慟的雷霆震醒了的天性懺悔，默默的懺悔，悠久的懺悔，沉徹的懺悔，像冷峭的星光照落在一個寂寞的山谷裏，像一個黑衣的尼僧匍伏在一座金漆的神龕前……

在眼淚的沸騰裏，在嚎慟的酣徹裏，在懺悔的沉寂裏，你們望見了上帝永久的威嚴。

嬰兒

　　我們要盼望一個偉大的事實出現，我們要守候一個馨香的嬰兒出世：—— 你看他那母親在她生產的床上受罪！她那少婦的安詳，柔和，端麗，現在在劇烈的陣痛裏變形成不可信的醜惡：你看她那遍體的筋絡都在她薄嫩的皮膚底裏暴漲著，可怕的青色與紫色。像受驚的水青蛇在田溝裏急泅似的，汗珠站在她的前額上像一顆顆的黃豆，她的四肢與身體猛烈的抽搐著，畸屈著，奮挺著，糾旋著，彷彿她墊著的蓆子是用針尖編成的，彷彿她的帳圍是用火焰織成的；一個安詳的，鎮定的，端莊的，美麗的少婦，現在在絞痛的慘酷裏變形成魔鬼似的可怖：她的眼，一時緊緊的闔著，　時巨大的呼著，她那眼，原來像冬夜池潭裏反映著的明星，現在吐露著青黃色的兇燄，眼珠像是燒紅的炭火，映射出她靈魂最後的奮鬥，她的原來硃紅色的口唇，現在像是爐底的冷灰，她的口顫著，撅著，扭著，死神的熱烈的親吻不容許她一息的平安，她的髮是散披著，橫在口邊，漫在胸前，像揪亂的蔴絲，她的手指間緊抓著幾穗撏下來的亂髮；這母親在她生產的床上受罪：──但她還不曾絕望，她的生命掙扎著血與肉與骨與肢體的纖維，在危崖的邊沿上，抵抗著，搏鬥著，死神的逼迫；她還不曾放手，因為她知道（她的靈魂知道！）這苦痛不是無因的，因為她知道她的胎宮裏孕育著一點比她自己更偉大的生命的種子，包涵著一個比一切更永久的嬰兒；因為她知道這苦痛是嬰兒要求出世的徵候，是種子在泥土裏爆裂成美麗的生命的消息，是她完成她自己生命的使命的時機；因為她知道這忍耐是有結果的，在她劇痛的昏瞀中她彷彿聽著上帝准許人間祈禱的聲音，她彷彿聽著天使們讚美未來的光明的聲音；因此她忍耐著，抵抗著，奮鬥著……她抵拚繃斷她統體的纖維，她贖出在她那胎宮裏動盪著的生命，在她一個完全，美麗的嬰兒出世的盼望中，最銳利，最沉酣的痛感逼成了最銳利最沉酣的快感……

這也許是無聊的希冀，但是誰不願意活命，就使到了絕望最後的邊沿，我們還要妄想希望的手臂從黑暗裏伸出來挽著我們。我們不能不想望這苦痛的現在，只是準備著一個更光榮的將來，我們要盼望一個潔白的肥胖的活潑的嬰兒出世！

新近有兩件事實，使我得到很深的感觸。讓我來說給你們聽聽。

前幾時有一天俄國公使館掛旗，我也去看了。加拉罕站在台上，微微的笑著，他的臉上發出一種嚴肅的青光，他側仰著他的頭看旗上升時，我覺著了他的人格的尊嚴，他至少是一個有膽有略的男子，他有為主義犧牲的決心，他的臉上至少沒有苟且的痕跡，同時屋頂那根旗杆上，冉冉的升上了一片的紅光，背著窈遠沒有一斑雲彩的青天。那面簇新的紅旗在風前料峭的裊蕩個不定。這異樣的彩色與聲響引起了我異樣的感想。是腼腆，是驕傲，還是鄙夷，如今這紅旗初次面對著我們偌大的民族？在場人也有拍掌的，但只是斷續的拍掌，這就算是我想我們初次見紅旗的敬意；但這又是鄙夷，驕傲，還是慚愧呢？那紅色是一個偉大的象徵，代表人類史裏偉大的一個時期；不僅標示俄國民族流血的成績，卻也為人類立下了一個勇敢嘗試的榜樣。在那旗子抖動的聲音裏我不僅彷彿聽出了這近十年來那斯拉夫民族失敗與勝利的呼聲，我也想像到百數十年前法國革命時的狂熱，一七八九年七月四日那天巴黎市民攻破巴士梯亞牢獄時的瘋癲。自由，平等，友愛！友愛，平等，自由！你們聽呀，在這呼聲裏人類理想的火焰一直從地面上直衝破天頂，歷史上再沒有更重要更強烈的轉變的時期。卡萊爾（Carlyle）在他的法國革命史裏形容這件大事有三句名句，他說："To describe this scene transcends the talent of mortals. After four hours of world bedlam it surrenders. The Bastille is down!" 他說："要形容這一景超過了凡人的力量。過了四小時的瘋狂他（那大牢）投降了。巴士梯亞是下了！" 打破一個政治犯的牢獄不算是了不得的大事，但這事實裏有一個象徵。巴士梯亞是代表阻礙自由的勢力，巴黎士民的攻擊是代表全人類爭自由的勢力，巴士梯亞的"下"是人類理想勝利的憑證。自由，平等，友愛！友愛，平等，自由！法國人在百幾十年前猖狂的叫著。這叫聲還在人類的性靈裏蕩著。我們不好像聽見嗎，雖則隔著百幾十年光陰的曠野。如今兇惡的巴士梯亞又在我們的面前堵著；我們如其再不發瘋，他那牢門上的鐵釘，一個個都快刺透我們的心胸了！

這是一件事。還有一件是我六月間伴著泰戈爾到日本時的感想。早七年我過太平洋時曾經到東京去玩過幾個鐘頭，我記得到上野公園去，上一座小山去下望東京的市場，只見連綿的高樓大廈，一派富盛繁華的景象。這回我又到上野去了，我又登山去望東京城了，那分別可太大了！房子，不錯，原是有的；但從前是幾層樓的高房，還有不少有名的建築，比如帝國劇場、帝國大學等等，這次看見的，說也可憐，只是薄皮松板暫時支著應用的魚鱗似的屋子，白鬆鬆的像一個爛發的花頭，再沒有從前那樣富盛與繁華的氣象。十九座的城子都是叫那大地震吞了去燒了去的。我們站著的地面平常看是再堅實不過的，但是等到他起興時小小的翻一個身，或是微微的張一張口，我們脆弱的文明與脆弱的生命就夠受。我們在中國的差不多是不能想著世界上，在醒著的不是夢裏的世界上，竟可以有那樣的大災難。我們中國人是在災難裏討生活的，水、旱、刀兵、盜劫，那一樣沒有，但是我敢說我們所有的災難合起來，也抵不上我們鄰居一年前遭受的大難。那事情的可怕，我敢說是超過了人類忍受力的止境。我們國內居然有人以日本人這次大災為可喜的，說他們活該，我真要請協和醫院大夫用 X 光檢查一下他們那幾位，究竟他們是有沒有心肝的。因為在可怕的運命的面前，我們人類的全體只是一群在山裏逢著雷霆風雨時的綿羊，那裏還能容什麼種族、政治等等的偏見與意氣？我來說一點情形給你們聽聽，因為雖則是你們在報上看過極詳細的記載，不曾親自察看過的總不免有多少距離的隔膜。我自己未到日本前與看過日本後，見解就完全的不同。你們試想假定我們今天在這裏集會，我講的，你們聽的，假如日本那把戲輪著我們頭上來時，要不了的搭的搭的搭的三秒鐘我與你們與講台與屋子就永遠訣別了地面，像變戲法似的，影蹤都沒了。那是事實，橫濱有好幾所五六層高的大樓，全是在三四秒時間內整個兒與地面拉一個平，全沒了。你們知道聖書裏面形容天降大難的時候，不要說本來脆弱的人類完全放棄了一切的虛榮，就是最猛驚的野獸與飛禽也會仕剎時間變化了性質，老虎會來小貓似的挨著你躲著，利喙的鷹鶩會得躲入雞棚裏去窩著，比雞還要馴服。在那樣非常的變動時，他們也好似覺悟了這彼此同是生物的親屬關係，在天怒的跟前同是剝奪了抵抗力的小蟲子，這裏面就發生了同運命的同情。你們試想就東京一地說，二三百萬的人口，幾十百年辛勤的成績，突然的面對著最後審判的實在，就在今天我們回想起當時他們全城子像一個滾沸的油鍋時的情景，原來熱鬧的市場變成了光焰萬丈的火盆，在這裏面人類最集中的心力與體力的成績全變了燃料，在這裏面藝術、教育、政治、社會人的骨與肉與血都化成了灰燼，還有數百十萬男女老小的哭嚷聲，這哭聲本體就可以搖動天地，——我們不要說親身經歷，就是坐在椅子上想像這樣不可信的情景時，也不免覺得害怕不是？那可不是頑兒的事情。單只描寫那樣的大變，恐怕至少就須要荷馬或是莎士比亞的天才。你們試想在那時候，假如你們親身經歷時，你的心理該是怎麼樣？你還恨你的仇人嗎？你還不饒恕你的朋友嗎？你還沾戀你個人的私利嗎？你還有欺哄人的機會嗎？你還有什麼希望嗎？你還不摟住你身旁的生物，管他是你的妻子，你的老子，你的聽差，你的媽，你的冤家，你的老媽子，你的貓，你的狗，把你靈魂裏還剩下的光明一齊放射出來，和著你同難的同胞在這普遍的黑暗裏來一個最後的結合嗎？

但運命的手段還不是那樣的簡單。他要是把你的一切都掃滅了，那倒也是一個痛快的結束；他可不然。他還讓你活著，他還有更苛刻的試驗給你。太難過了，你還喘著氣；你的家，你的財產，都變了你腳下的灰，你的愛親與妻與兒女的骨肉還有燒不爛的在火堆裏燃著，你沒有了一切；但是太陽又在你的頭上光亮的照著，你還是好好的在平定的地面上站著，你疑心這一定是夢，可又不是夢，因為不久你就發現與你同難的人們，他們也一樣的疑心他們身受的是夢。可真不是夢；是真的。你還活著，你還喘著氣，你得重新來過，根本的完全的重新來過。除非是你自願放手，你的靈魂裏再沒有勇敢的分子。那才是你的真試驗的時候。這考卷可不容易交了，要到那時候你才知道你自己究竟有多大能耐，值多少，有多少價值。

我們鄰居日本人在災後的實際就是這樣。全完了，要來就得完全來過，盡你自身的力量不夠，加上你兒子的，你孫子的，你孫子的兒子的兒子的孫子的努力，也許可以重新撐起這份家私，但在這努力的經程中，誰也保不定天與地不再搗亂；你的幾十年只要他的幾秒鐘。問題所以是你幹不幹？就只乾脆的一句話，你幹不幹，是或否？同時也許無情的運命，扭著他那醜陋可怕的臉子在你的身旁冷笑，等著你最後的回話。你幹不幹，彷彿也涎著他的怪臉問著你！

我們勇敢的鄰居們已經交了他們的考卷；他們回答了一個乾脆的幹字，我們不能不佩服。我們不能不尊敬他們精神的人格。不等那大震災的火焰緩和下去，我們鄰居們第二次的奮鬥已經莊嚴的開始了。不等運命的殘酷的手臂鬆放，他們已經宣言他們積極的態度對運命宣戰。這是精神的勝利，這是偉大，這是證明他們有不可搖的信心，不可動的自信力；證明他們是有道德的與精神的準備的，有最堅強的毅力與忍耐力的，有內心潛在著的精力的，有充分的後備軍的，好比說，雖則前敵一起在炮火裏毀了，這只是給他們一個出馬的機會。他們不但不悲觀，不但不消極，不但不絕望，不但不低著嗓子乞憐，不但不倒在地下等救，在他們看來這大災難，只是一個偉大的刺激，偉大的鼓勵，偉大的靈感，一個應有的試驗，因此他們新來的態度只是雙倍的積極，雙倍的勇猛，雙倍的興奮，雙倍的有希望；他們彷彿是經過大戰的大將，戰陣愈急迫愈危險，戰鼓愈打得響亮，他的膽量愈大，往前衝的步子愈緊，必勝的決心愈強。這，我說，真是精神的勝利，一種道德的強制力，偉大的，難能的，可尊敬的，可佩服的。泰戈爾說的，國家的災難，個人的災難，都是一種試驗：除是災難的結果壓倒了你的意志與勇敢，那才是真的災難，因為你更沒有翻身的希望。

這也並不是說他們不感覺災難的實際的難受，他們也是人，他們雖勇，心究竟不是鐵打的。但他們表現他們痛苦的狀態是可注意的；他們不來零碎的呼叫，他們採用一種雄偉的莊嚴的儀式。此次震災的週年紀念時；他們選定一個時間，舉行他們全國的悲哀；在不知是幾秒或幾分鐘的期間內，他們全國的國民一致的靜默了，全國民的心靈在那短時間內融合在一陣懺悔的，祈禱的，普遍的肅靜裏（那是何等的淒偉！）；然後，一個信號打破了全國的靜默，那千百萬人民又一致的高聲悲號，悲悼他們曾經遭受的慘運；在這一聲瀰漫的哀號裏，他們國民，不僅發洩了蓄積著的悲哀，這一長號，也表明他們一致重新來過的偉大的決心（這又是何等的淒偉！）。

這是教訓，我們最切題的教訓。我個人從這兩件事情——俄國革命與日本地震——感到極深刻的感想；一件是告訴我們什麼是有意義有價值的犧牲，那表面紊亂的背後堅定的站著某種主義或是某種理想，激動人類潛伏著一種普遍的想望，為要達到那想望的境界，他們就不顧冒怎樣劇烈的險與難，拉倒已成的建設，踏平現有的基礎，拋卻生活的習慣，嘗試最不可測量的路子。這是一種瘋癲，但是有目的的瘋癲；單獨的看，局部的看，我們盡可以下種種非難與責備的批評，但全部的看，歷史的看時，那原來紛亂的就有了條理，原來散漫的就成了片段，甚至於在經程中一切反理性的分明殘暴的事實都有了他們相當的應有的位置，在這部大悲劇完成時，在這無形的理想 "物化" 成事實時，在人類歷史清理結賬時，所得便超過所出，贏餘至少是蓋得過損失的。我們現在自己的悲慘就在問題不集中，不清楚，不一貫；我們缺少 —— 用一個現成的比喻 —— 那一面半空裏升起來的彩色旗（我不是主張紅旗我不過比喻罷了！），使我們有眼睛能看的人都不由的不仰著頭望；缺少那青天裏的一個霹靂，使我們有耳朵能聽的不由的驚心。正因為缺乏這樣一個一貫的理想與標準（能夠表現我們潛在意識所想望的），我們有的那一部瘋癲性 —— 歷史上所有的大運動都脫不了瘋癲性的成分 —— 就沒有機會充分的外現。我們物質生活的累贅與沾戀，便有力量壓迫住我們精神性的奮鬥；不是我們天生不肯犧牲，也不是天生懦怯，我們在這時期內的確不曾尋著值得或是強迫我們犧牲的那件理想的大事，結果是精力的散漫，志氣的怠惰，苟且心理的普遍，悲觀主義的盛行，一切道德標準與一切價值的毀滅與埋葬。

人原來是行為的動物，尤其是富有集合行為力的，他有向上的能力，但他也是最容易墮落的，在他眼前沒有正當的方向時，比如猛獸監禁在鐵籠子裏。在他的行為力沒有發展的機會時，他就會隨地躺了下來，管他是水潭是泥潭，過他不黑不白的豬奴的生活。這是最可慘的現象，最可悲的趨向。如其我們容忍這種狀態繼續存在時，那時每一對父母每次生下一個潔淨的小孩，只是為這卑劣的社會多添一個墮落的分子，那是莫大的褻瀆的罪業；所有的教育與訓練也就根本的失去了意義，我們還不如盼望一個大雷霆下來毀盡了這三江或四江流域的人類的痕跡！

再看日本人天災後的勇猛與毅力，我們就不由的不慚愧我們的窮，我們的乏，我們的寒傖。這精神的窮乏才是真可恥的，不是物質的窮乏。我們所受的苦難都還不是我們應有的試驗的本身，那還差得遠著哪；但是我們的醜態已經恰好與人家的從容成一個對照。我們的精神生活沒有充分的涵養，所以臨著稀小的紛擾便沒有了主意，像一個耗子似的，他的天才只是害怕，他的伎倆只是小偷；又因為我們的生活沒有深刻的精神的要求，所以我們合群生活的大網子就缺少最吃分量最經用的那幾條普遍的同情線，再加之原來的經緯已經到了完全破爛的狀態，這網子根本就沒有了線結，不受外物侵損時已有潰散的可能，那裏還能在時代的急流裏，撈起什麼有價值的東西？說也奇怪，這幾千年歷史的傳統精神非但不曾供給我們社會一個鞏固的基礎，我們現在到了再不容隱諱的時候，誰知道發現我們的椿了，只是在黃河裏造橋，打在流沙裏的！

難怪悲觀主義變成了流行的時髦！但我們年輕人，我們的身體裏還有生命跳動，脈管裏多少還有鮮血的年輕人，卻不應當沾染這最致命的時髦，不應當學那隨地躺得下去的豬，不應當學那苟且專家的耗子，現在時候逼迫了，再不容我們靀那的含糊。我們要負我們應負的責任，我們要來補織我們已經破爛的大網子，我們要在我們各個人的生活裏抽出人道的同情的纖維來合成強有力的繩索，我們應當發現那適當的象徵，像半空裏那面大旗似的，引起普遍的注意；我們要修養我們精神的與道德的人格，預備忍受將來最難堪的試驗。簡單的一句話，我們應當在今天 —— 過了今天就再沒有那一天了 —— 宣佈我們對於生活基本的態度。是是還是否；是積極還是消極；是生道還是死道；是向上還是墮落？在我們年輕人一個字的答案上就掛著我們全社會的運命的決定。我盼望我至少可以代表大多數青年，在這篇講演的末尾，高叫一聲 —— 用兩個有力量的外國字 ——

"Everlasting yea!"

海灘上種花

　　朋友是一種奢華：且不說酒肉勢利，那是說不上朋友，真朋友是相知，但相知談何容易，你要打開人家的心，你先得打開你自己的，你要在你的心裏容納人家的心，你先得把你的心推放到人家的心裏去：這真心或真性情的相互的流轉，是朋友的秘密，是朋友的快樂。但這是說你內心的力量夠得到，性靈的活動有富餘，可以隨時開放，隨時往外流，像山裏的泉水，流向容得住你的同情的溝槽；有時你得冒險，你得花本錢，你得抵拚在巉岏的亂石間，觸刺的草縫裏耐心的尋路，那時候艱難，苦痛，消耗，實在是可能的，在你這水一般靈動，水一般柔順的尋求同情的心能找到平安欣快以前。

　　我所以說朋友是奢華，"相知"是寶貝，但得拿真性情的血本去換，去拚。因此我不敢輕易說話，因為我自己知道我的來源有限，十分的謹慎尚且不時有破產的恐懼；我不能隨便 "化"。前天有幾位小朋友來邀我跟你們講話，他們的懇切折服了我，使我不得不從命，但是小朋友們，說也慚愧，我拿什麼來給你們呢？

我最先想來對你們說些孩子話，因為你們都還是孩子。但是那孩子的我到那裏去了？彷彿昨天我還是個孩子，今天不知怎的就變了樣。什麼是孩子？要不為一點活潑的天真，但天真就比是泥土裏的嫩芽，天冷泥土硬就壓住了它的生機——這年頭問誰去要和暖的春風？

孩子是沒了。你記得的只是一個不清切的影子，模糊得很，我這時候想起來就像是一個瞎子追念他自己的容貌，一樣的記不周全；他即使想急了拿一雙手到臉上去印下一個模子來，那模子也是個死的。真的沒了。一天在公園裏見一個小朋友不提多麼活動，一忽兒上山，一忽兒爬樹，一忽兒溜冰，一忽兒乾草裏打滾，要不然就跳著憨笑；我看著羨慕，也想學樣，跟他一起玩，但是不能，我是一個大人，身上穿著長袍，心裏存著體面，怕招人笑，天生的靈活換來矜持的存心——孩子，孩子是沒有的了，有的只是一個年歲與教育蛀空了的軀殼，死僵僵的，不自然的。

我又想找回我們天性裏的野人來對你們說話。

因為野人也是接近自然的；我前幾年過印度時得到極刻心的感想，那裏的街道房屋以及土人的體膚容貌，生活的習慣，雖則簡，雖則陋，雖則誇張，卻處處與大自然——上面碧藍的天，火熱的陽光，地下焦黃的泥土，高矗的椰樹——相調諧，情調，色彩，結構，看來有一種意義的一致，就比是一件完美的藝術的作品。也不知怎的，那天看了他們的街，街上的牛車，趕車的老頭露著他的赤光的頭顱與此紫薑色的圓肚，他們的廟，廟裏的聖像與神座前的花，我心裏只是不自在，就彷彿這情景是一個熟悉的聲音的叫喚，叫你去跟著他，你的靈魂也何嘗不活跳跳的想答應一聲"好，我來了，"但是不能，又有礙路的擋著你，不許你回復這叫喚聲啟示給你的自由。困著你的是你的教育；我那時的難受就比是一條蛇擺脫不了困住他的一個硬性的外殼——野人也給壓住了，永遠出不來。

所以今天站在你們上面的我不再是融會自然的野人，也不是天機活靈的孩子：我只是一個"文明人"，我能說的只是"文明話"。但什麼是文明只是墮落？文明人的心裏只是種種虛榮的念頭，他到處忙不算，到處都得計較成敗。我怎麼能對著你們不感覺慚愧？不瞭解自然不僅是我的心，我的話也是的。並且我即使有話說也沒法表現，即使有思想也不能使你們瞭解；內裏那點子性靈就比是在一座石壁裏牢牢的砌住，一絲光亮都不透，就憑這雙眼望見你們，但有什麼法子可以傳達我的意思給你們，我已經忘卻了原來的語言，還有什麼話可說的？

但我的小朋友們還是逼著我來說謊（沒有話說而勉強說話便是謊）。知識，我不能給；要知識你們得請教教育家去，我這裏是沒有的。智慧，更沒有了：智慧是地獄裏的花果，能進地獄更能出地獄的才採得著智慧，不去地獄的便沒有智慧 —— 我是沒有的。

我正發窘的時候，來了一個救星 —— 就是我手裏這一小幅畫，等我來講道理給你們聽。這張畫是我的拜年片，一個朋友替我製的。你們看這個小孩子在海邊沙灘上獨自的玩，赤腳穿著草鞋，右手提著一枝花，使勁把它往沙裏栽，左手提著一把澆花的水壺，壺裏水點一滴滴的往下掉著。離著小孩不遠看得見海裏翻動著的波瀾。

你們看出了這畫的意思沒有？

在海砂裏種花。在海砂裏種花！那小孩這一番種花的熱心怕是白費的了。砂磧是養不活鮮花的，這幾點淡水是不能幫忙的；也許等不到小孩轉身，這一朵小花已經支不住陽光的逼迫，就得交卸他有限的生命，枯萎了去。況且那海水的浪頭也快打過來了，海浪沖來時不說這朵小小的花，就是大根的樹也怕站不住 —— 所以這花落在海邊上是絕望的了，小孩這番力量準是白化的了。

你們一定很能明白這個意思。我的朋友是很聰明的，他拿這畫意來比我們一群獃子，樂意在白天裏做夢的獃子，滿心想在海砂裏種花的傻子。畫裏的小孩拿著有限的幾滴淡水想維持花的生命，我們一群夢人也想在現在比沙漠還要乾枯比沙灘更沒有生命的社會裏，憑著最有限的力量，想下幾顆文藝與思想的種子，這不是一樣的絕望，一樣的傻？想在海砂裏種花，想在海砂裏種花，多可笑吶！但我的聰明的朋友說，這幅小小畫裏的意思還不止此；諷刺不是它的目的。它要我們更深一層看。在我們看來海砂裏種花是傻氣，但在那小孩自己卻不覺得。他的思想是單純的，他的信仰也是單純的。他知道的是什麼？他知道花是可愛的，可愛的東西應得幫助他發長；他平常看見花草都是從地土裏長出來的，他看來海砂也只是地，為什麼海砂裏不能長花他沒有想到，也不必想到，他就知道拿花來栽，拿水去澆，只要那花在地上站直了他就歡喜，他就樂，他就會跳他的跳，唱他的唱，來讚美這美麗的生命，以後怎麼樣，海砂的性質，花的運命，他全管不著！我們知道小孩們怎樣的崇拜自然，他的身體雖則小，他的靈魂卻是大著，他的衣服也許髒，他的心可是潔淨的。這裏還有一幅畫，這是自然的崇拜，你們看這孩子在月光下跪著拜一朵低頭的百合花，這時候他的心與月光一般的清潔與花一般的美麗，與夜一般的安靜。我們可以知道到海邊上來種花那孩子的思想與這月下拜花的孩子的思想會得跪下的 —— 單純、清潔，我們可以想像那一個孩子把花栽好了也是一樣來對著花膜拜祈禱 —— 他能把花暫時栽了起來便是他的成功，此外以後怎麼樣不是他的事情了。

　　你們看這個象徵不僅美，並且有力量；因為它告訴我們單純的信心是創作的泉源 —— 這單純的爛漫的天真是最永久最有力量的東西，陽光燒不焦他，狂風吹不倒他，海水沖不了他，黑暗掩不了他 —— 地面上的花朵有被摧殘有消滅的時候，但小孩愛花種花這一點："真"卻有的是永久的生命。

我們來放遠一點看。我們現有的文化只是人類在歷史上努力與犧牲的成績。為什麼人們肯努力肯犧牲？因為他們有天生的信心；他們的靈魂認識什麼是真什麼是善什麼是美，雖則他們的肉體與知識有時候會誘惑他們反著方向走路；但只要他們認明一件事情是有永久價值的時候，他們就自然的會得興奮，不期然的自己犧牲，要在這忽忽變動的聲色的世界裏，贖出幾個永久不變的原則的憑證來。耶穌為什麼不怕上十字架？密爾頓何以瞎了眼還要做詩，貝德芬何以聾了還要製音樂，密仡郎其羅為什麼肯積受幾個月的潮澤不顧自己的皮肉與靴子連成一片的用心思，為的只是要解決一個小小的美術問題？為什麼永遠有人到冰洋盡頭雪山頂上去探險？為什麼科學家肯在顯微鏡底下或是數目字中間研究一般人眼看不到心想不通的道理消磨他一生的光陰？

為的是這些人道的英雄都有他們不可搖動的信心；像我們在海砂裏種花的孩子一樣，他們的思想是單純的 —— 宗教家為善的原則犧牲，科學家為真的原則犧牲，藝術家為美的原則犧牲 —— 這一切犧牲的結果便是我們現有的有限的文化。

你們想想在這地面上做事難道還不是一樣的傻氣——這地面還不與海砂一樣不容你生根，在這裏的事業還不是與鮮花一樣的嬌嫩？——潮水過來可以沖掉，狂風吹來可以折壞，陽光曬來可以薰焦我們小孩子手裏拿著往砂裏栽的鮮花，同樣的，我們文化的全體還不一樣有隨時可以衝掉摺壞薰焦的可能嗎？巴比倫的文明現在那裏？彭拜城曾經在地下埋過千百年，克利脫的文明直到最近五六十年間才完全發現。並且，有時一件事實體的存在並不能證明他生命的繼續。這區區地球的本體就有一千萬個毀滅的可能。人們怕死不錯，我們怕死人，但最可怕的不是死的死人，是活的死人，單有軀殼生命沒有靈性生活是莫大的悲慘；文化也有這種情形，死的文化倒也罷了，最可憐的是勉強喘著氣的半死的文化。你們如其問我要例子，我就不遲疑的回答你說，朋友們，貴國的文化便是一個喘著氣的活死人！時候已經很久的了，自從我們最後的幾個祖宗為了不變的原則犧牲他們的呼吸與血液，為了不死的生命犧牲他們有限的存在，為了單純的信心遭受當時人的訕笑與侮辱。時候已經很久的了，自從我們最後聽見普遍的聲音像潮水似的充滿著地面。時候已經很久的了，自從我們最後看見強烈的光明像彗星似的掃掠過地面，時候已經很久的了，自從我們最後為某種主義流過火熱的鮮血，時候已經很久的了，自從我們的骨髓裏有膽量，我們的說話裏有分量。這是一個極傷心的反省！我真不知道時代犯了什麼不可赦的大罪，上帝竟狠心的賞給我們這樣惡毒的刑罰？你看看去這年頭到那裏去找一個完全的男子或是一個完全的女子——你們去看去，這年頭那個男子不是陽痿，那一個女子不是鼓脹！要形容我們現在受罪的時期，我們得發明一個比醜更醜比髒更髒比下流更下流比苟且更苟且比懦怯更懦怯的一類生字去！朋友們，真的我心裏常常害怕，害怕下回東風帶來的不是我們盼望中的春天，不是鮮花青草蝴蝶飛鳥，我怕他帶來一個比冬天更枯槁更淒慘更寂寞的死天——因為醜陋的臉子不配穿漂亮的衣服，我們這樣醜陋的變態的人心與社會憑什麼權利可以問青天要陽光，問地面要青草，問飛鳥要音樂，問花朵要顏色？你問我明天天會不會放亮？我回答說我不知道，竟許不！

歸根是我們失去了我們靈性努力的重心，那

就是一個單純的信仰，一點爛漫的童真！不要說到海灘去種花 —— 我們都是聰明人誰願意做傻瓜去 —— 就是在你自己院子裏種花你都懶怕動手哪！最可怕的懷疑的鬼與厭世的黑影已經佔住了我們的靈魂！

　　所以朋友們，你們都是青年，都是春雷聲響不曾停止時破綻出來的鮮花，你們再不可墮落了 —— 雖則陷阱的大口滿張在你的跟前，你不要怕，你把你的爛漫的天真倒下去，填平了它，再往前走 —— 你們要保持那一點的信心，這裏面連著來的就是精力與勇敢與靈感 —— 你們要不怕做小傻瓜，盡量在這人道的海灘邊種你的鮮花去 —— 花也許會消滅，但這種花的精神是不爛的！

自剖

我是個好動的人；每回我身體行動的時候，我的思想也彷彿就跟著跳蕩。我做的詩，不論它們是怎樣的"無聊"，有不少是在行旅期中想起的，我愛動，愛看動的事物，愛活潑的人，愛水，愛空中的飛鳥，愛車窗外掣過的田野山水。星光的閃動，草葉上露珠的顫動，花鬚在微風中的搖動，雷雨時雲空的變動，大海中波濤的洶湧，都是在觸動我感興的情景。是動，不論是什麼性質，就是我的興趣，我的靈感。是動就會催快我的呼吸，加添我的生命。

近來卻大大的變樣了。第一我自身的肢體，已不如原先靈活；我的心也同樣的感受了不知是年歲還是什麼拘執。動的現象再不能給我歡喜，給我啟示。先前我看著在陽光中閃爍的金波，就彷彿看見神仙宮闕 —— 什麼荒誕美麗的幻覺不在我的腦中一閃閃的掠過；現在不同了，陽光只是陽光，流波只是流波，任憑景色怎樣的燦爛，再也照不化我的獸木的心靈。我的思想，如其偶爾有，也只似岩上的藤蘿，貼著枯乾的粗糙的石面，極困難的蜒著；顏色是蒼黑的，姿態是倔強的。

我自己也不懂得何以這變遷來得這樣的兀突，這樣的深徹。原先我在人前自覺竟是一注的流泉，時時有飛沫，時時有閃光；現在這泉眼，如其還在，彷彿是叫一塊石板不留餘隙的給鎮住了。我再沒有先前那樣蓬勃的情趣，每回我想說話的時候，就覺著那石塊的重壓，怎麼也掀不動，什麼也推不開，結果只能自安沉默！"你再不用想什麼了，你再沒有什麼可想的了"；"你不用開口了，你再沒有什麼話可說的了"，我常覺得我沉悶的心府裏有這樣半嘲諷半弔唁的諄囑。

說來我思想上或經驗上也並不曾經受什麼過分劇烈的戟刺。我處境是向來順的，現在，如其有不同，只是更順了的。那麼為什麼這變遷？遠的不說，就比如我年前到歐洲去時的心境：啊！我那時還不是一隻初長毛角的野鹿？什麼顏色不激動我的視覺，什麼香味不奮興我的嗅覺？我記得我在意大利寫遊記的時候，情緒是何等的活潑，興趣何等的醇厚，一路來眼見耳聽心感的種種，那一樣不活栩栩的叢集在我的筆端，爭求充分的表現！如今呢？

我這次到南方去，來回也有一個多月的光景，這期內眼見耳聽心感的事該有不少。我未動身前，又何嘗不自喜此去又可以有機會飽餐西湖的風色，鄧尉的梅香 —— 單提一兩件最合我脾胃的事，有好多朋友也曾期望我在這閒暇的假期中採集一點江南風趣，歸來時，至少也該帶回一兩篇爽口的詩文，給在北京泥土的空氣中活命的朋友們一些清醒的消遣。但在事實上不但在南中時我白瞪著大眼，看天亮換天昏，又閉上了眼，拚天昏換天亮，一枝禿筆跟著我涉海去，又跟著我涉海回來，正如岩洞裏的一根石筍，壓根兒就沒一點搖動的消息；就在我回京後這十來天，任憑朋友們怎樣的催促，自己良心怎樣的責備，我的筆尖上還是滴不出一點墨汁來。我也曾勉強想想，勉強想寫，但到底還是白費！可怕是這心靈驟然的獃頓。完全死了不成？我自己在疑惑。

說來是時局也許有關係。我到京幾天就逢著空前的血案。五卅事件發生時我正在意大利山中，採茉莉花編花籃兒玩，翡冷翠山中只見明星與流螢的交喚。花香與山色的溫存，俗氛是吹不到的。直到七月間到了倫敦我才理會國內風光的慘淡，等到我趕回來時，設想中的激昂，又早變成了明日黃花，看得見的痕跡只有滿城黃牆上墨彩斑爛的"泣告"。

這回卻不同，屠殺的事實不僅是在我住的城子裏發現，我有時竟覺得是我自己的靈府裏的一個慘象。殺死的不僅是青年們的生命，我自己的思想也彷彿遭著了致命的打擊，好比是國務院前的斷頭殘肢，再也不能回復生動與連貫。但深刻的難受在我是無名的，是不能完全解釋的。這回事變的奇慘性引起憤慨與悲切是一件事，但同時我們也知道在這根本起變態作用的社會裏，什麼怪誕的情形都是可能的。屠殺無辜，還不是年來最平常的現象。自從內戰糾結以來，在受戰禍的區域內，那一處村落不曾分到過遭姦污的女性，屠殘的骨肉，供犧牲的生命財產？這無非是給冤氛團結的地面上多添一團更集中更鮮艷的怨毒。再說那一個民族的解放史能不濃濃的染著 Martyrs 的腔血？俄國革命的開幕就是二十年前冬宮的血景，只要我們有識力認定，有膽量實行，我們理想中的革命，這回羔羊的血就不會是白塗的。所以我個人的沉悶決不完全是這回慘案引起的感情作用。

愛和平是我的生性。在怨毒、猜忌、殘殺的空氣中，我的神經每每感受一種不可名狀的壓迫。記得前年奉直戰爭時我過的那日子簡直是一團黑漆，每晚更深時，獨自抱著腦殼伏在書桌上受罪，彷彿整個時代的沉悶蓋在我的頭頂——直到寫下了"毒藥"那幾首不成形的咒詛詩以後，我心頭的緊張才漸漸的緩和下去。這回又有同樣的情形；只覺著煩，只覺著悶，感想來時只是破碎，筆頭只是笨滯。結果身體也不舒暢，像是蠟油塗抹了全身毛竅似的難過，一天過去了又是一天，我這裏又在重演更深獨坐箍緊腦殼的姿勢，窗外皎潔的月光，分明是在嘲諷我內心的枯窘！

不，我還得往更深處按。我不能叫這時局來替我思想驟然的獸頓負責，我得往我自己生活的底裏找去。

平常有幾種原因可以影響我們的心靈活動。實際生活的牽制可以劃去我們心靈所需要的閒暇，積成一種壓迫。在某種熱烈的想望不曾得滿足時，我們感覺精神上的悶與焦躁，失望更是顛覆內心平行的一個大原因；較劇烈的種類可以麻痺我們的靈智，淹沒我們的理性。但這些都合不上我的病源；因為我在實際生活裏已經得到十分的幸運。我的潛在意識裏，我敢說不該有什麼壓著的慾望在作怪。

　　但是在實際上反過來看另有一種情形可以阻塞或是減少你心靈的活動。我們知道舒服、健康、幸福，是人生的目標，我們因此推想我們痛苦的起點是在望見那些目標而得不到的時候。我們常聽人說"假如我像某人那樣生活無憂我一定可以好好的做事，不比現在整天的精神全化在瑣碎的煩惱上"。我們又聽說"我不能做事就為身體太壞，若是精神來得，那就……"我們又常常設想幸福的境界，我們想"只要有一個意中人在跟前那我一定奮發，什麼事做不到"？但是不，在事實上，舒服、健康、幸福，不但不一定是幫助或獎勵心靈生活的條件，它們有時正得相反的效果。我們看不起有錢人，在社會上得意人，肌肉過分發達的運動家，也正在此；至於年少人幻想中的美滿幸福，我敢說等得當真有了紅袖添香，你的書也就讀不出所以然來，且不說什麼在學問上或藝術上更認真的工作。

　　那末生活的滿足是我的病源嗎？

　　"在先前的日子"，一個真知我的朋友，就說："正為是你生活不得平衡，正為你有慾望不得滿足，你的壓在內裏的 Libido 就形成一種昇華的現象，結果你就藉文學來發洩你生理上的鬱結（你不常說你從事文學是一件不預期的事嗎？）這情形又容易使你的意識裏形成一種虛幻的希望，因為你的寫作得到一部分讚許，你就自以為確有相當創作的天賦以及獨立思想的能力。但你只是自冤自，實在你並沒有什麼超人一等的天賦，你的設想多半是虛榮，你的以前的成績只是昇華的結果。所以現在等得你生活換了樣，感情上有了安頓，你就發現你向來寫作的來源頓呈萎縮甚至枯竭的現象；而你又不願意承認這情形的實在，妄想到你身子以外去找你思想枯窘的原因，所以你就不由的感到深刻的煩悶。你只是對你自己生氣，不甘心承認你自己的本相。不，你原來並沒有三頭六臂的！

「你對文藝並沒有真興趣，對學問並沒有真熱心。你本來沒有什麼更高的志願，除了相當合理的生活，你只配安分做一個平常人，享你命裏鑄定的『幸福』；在事業界，在文藝創作界，在學問界內，全沒有你的位置，你真的沒有那能耐。不信你只要自問在你心裏的心裏有沒有那無形的『推力』，整天整夜的惱著你，逼著你，督著你，放開實際生活的全部，單望著不可捉摸的創作境界裏去冒險？是的，頂明顯的關鍵就是那無形的推力或是衝動（The Impulse），沒有它人類就沒有科學，沒有文學，沒有藝術，沒有一切超越功利實用性質的創作。你知道在國外（國內當然也有，許沒那樣多）有多少人被這無形的推力驅使著，在實際生活上變成一種離魂病性質的變態動物，不但人間所有的虛榮永遠沾不上他們的思想，就連維持生命的睡眠飲食，在他們都失了重要，他們全部的心力只是在他們那無形的推力所指示的特殊方向上集中應用。怪不得有人說天才是瘋癲；我們在巴黎倫敦不到處碰得著這類怪人？如其他是一個美術家，惱著他的就只怎樣可以完全表現他那理想中的形體；一個線條的準確，某種色彩的調諧，在他會得比他生身父母的生死與國家的存亡更重要，更迫切，更要求注意。我們知道專門學者有終身掘墳墓的，研究蚊蟲生理的，觀察億萬里外一個星的動定的。並且他們決不問社會對於他們的勞力有否任何的認識，那就是虛榮的進路；他們是被一點無形的推力的魔鬼蠱定了的。

"這是關於文藝創作的話。你自問有沒有這種情形。你也許經驗過什麼 '靈感'，那也許有，但你卻不要把剎那誤認作永久的，虛幻認作真實。至於說思想與真實學問的話，那也得背後有一種推力，方向許不同，性質還是不變。做學問你得有原動的好奇心，得有天然熱情和態度去做求知識的工夫。真思想家的準備，除了特強的理智，還得有一種原動的信仰；信仰或尋求信仰，是一切思想的出發點：極端的懷疑派思想也只是期望重新位置信仰的一種努力。從古來沒有一個思想家不是宗教性的。在他們，各按各的傾向，一切人生的和理智的問題是實在有的；神的有無，善與惡，本體問題，認識問題，意志自由問題，在他們看來都是含逼迫性的現象，要求合理的解答——比山嶺的崇高，水的流動，愛的甜蜜更真，更實在，更聳動。他們的一點心靈，就永遠在他們設想的一種或多種問題的周圍飛舞、旋繞，正如燈蛾之於火焰：犧牲自身來貫徹火焰中心的秘密，是他們共有的決心。

　　"這種慘烈的情形，你怕也沒有吧？我不說你的心幕上就沒有思想的影子；但它們怕只是虛影，像水面上的雲影，雲過影子就跟著消散，不是石上的霤痕越日久越深刻。

　　"這樣說下來，你倒可以安心了！因為個人最大的悲劇是設想一個虛無的境界來謊騙你自己；騙不到底的時候你就得忍受‘幻滅’的莫大的苦痛。與其那樣，還不如及早認清自己的深淺，不要把不必要的負擔，放上支撐不住的肩背，壓壞你自己，還難免旁人的笑話！朋友，不要迷了，定下心來享你現成的福份吧；思想不是你的份，文藝創作不是你的份，獨立的事業更不是你的份！天生抗了重擔來的那也沒法想（那一個天才不是活受罪！）！你是原來輕鬆的，這是多可羨慕；多可賀喜的一個發現！算了吧，朋友！”

再剖

你們知道喝醉了想吐吐不出或是吐不爽快的難受不是？這就是我現在的苦惱；腸胃裏一陣陣的作惡，腥膩從食道裏往上泛，但這喉關偏跟你彆扭，它捏住你，逼住你，逗住你——不，它且不給你痛快哪！前天那篇《自剖》，就比是哇出來的幾口苦水，過後只是更難受，更覺著往上冒。我告你我想要怎麼樣。我要孤寂：要一個靜極了的地方——森林的中心，山洞裏，牢獄的暗室裏——再沒有外界的影響來逼迫或引誘你的分心，再不須計較旁人的意見，喝采或是嘲笑；當前唯一的對象是你自己：你的思想，你的感情；你的本性。那時它們再不會躲避，不會隱遁，不會裝作；赤裸裸的聽憑你察看，檢驗，審問。你可以放膽解去你最後的一縷遮蓋，袒露你最自憐的創傷，最掩諱的私褻那才是你痛快一吐的機會。

但我現在的生活情形不容我有那樣一個時機。白天太忙（在人前一個人的靈性永遠是縮在殼內的蝸牛），到夜間，比如此刻靜是靜了，人可又倦了，惦著明天的事情又不得不早些休息。啊，我真羨慕我台上放著那塊唐磚上的佛像，他在他的蓮台上瞑目坐著，什麼都搖不動他那入定的圓澄。我們只是在煩惱網裏過日子的眾生，怎敢企望那光明無礙的境界！有鞭子下來，我們躲；見好吃的，我們垂涎；聽聲響，我們著忙；逢著痛癢，我們著惱。我們是鼠，是狗，是刺猬，是天上星與地上泥土間爬著的蟲。那裏有工夫，即使你有心想親近你自己，那裏有機會，即使你想痛快的一吐？

前幾天也不知無形中經過幾度掙扎，才嘔出那幾口苦水，這在我雖則難受還是照舊，但多少總算是發洩，事後我私下覺著愧悔，因為我不該拿我一己苦悶的骨鯁，強讀者們陪著我吞嚥。是苦水就不免薰蒸的惡味。我承認這完全是我自私的行為。不敢望恕的。我唯一的解嘲是這幾口苦水的確是從我自己的腸胃裏嘔出——不是去髒水桶裏舀來的。我不曾期望同情，我只要朋友們認識我的深淺——（我的淺？）我最怕朋友們的容寵容易形成一種虛擬的期望；我這操刀自剖的一個目的，就在及早解卸我本不該扛上的負擔。

是的，我還得往底裏按，往更深處剖。

最初我來編輯副刊，我有一個願心，我想把我自己整個兒交給能容納我的讀者們，我心目中的讀者們，說實話，就只這時代的青年。我覺著只有青年們的心窩裏有容我的空隙，我要偎著他們的熱血，聽他們的脈搏。我要在我自己的情感裏發現他們的情感，在自己的思想裏反映他們的思想。假如編輯的意義只是選稿，配版，付印，拉稿，那還不如去做銀行的夥計 —— 有出息得多。我接受編輯晨副的機會，就為這不單是機械性的一種任務（感謝晨報主人的信任與容忍）。晨報變了我的喇叭，從這管口裏我有自由吹弄我古怪的不調諧的音調。它是我的鏡子，在這平面上描畫出我古怪的不調諧的形狀，我也決不掩諱我的原形：我就是我。記得我第一次與讀者們相見，就是一篇供狀。我的經過，我的深淺，我的偏見，我的希望，我都曾經再三的聲明，怕是你們早聽厭了。但初起我的一種期望是真的 —— 期望我自己。也不知那時間為什麼原因我竟有那活棱棱的一副勇氣。我宣言我自己跳進了這現實的世界。存心想來對準人生的面目認他一個仔細。我信我自己的熱心（不是知識）多少可以給我一些對敵力量的。我想拚這一天，把我的血肉與靈魂，放進這現實世界的磨盤裏去捱，鋸齒下去拉，——我就要嚼那味兒！只有這樣，我想，才可以期望我主辦的刊物多少是一個有生命氣息的東西；才可以期望在作者與讀者間發生一種活的關係；才可以期望讀者們覺著這一長條報紙與黑的字印的背後，的確至少有一個活著的人與一個動著的心，他的把握是在你的腕上，他的呼吸吹在你的臉上，他的歡喜，他的惆悵，他的迷惑，他的傷悲，就比是你自己的，的確是從一個可認識的主體上發出來的變化——是站在台上人的姿態，——不是投射在白幕上的虛影。

並且我當初也並不是沒有我的信念與理想。有我崇拜的德性，有我信仰的原則。有我愛護的事物，也有我痛疾的事物，往理性的方向走，往愛心與同情的方向走，往光明的方向走，往真的方向走，往健康快樂的方向走，往生命，更多更大更高的生命方向走——這是我那時的一點"赤子之心"。我恨的是這時代的病象，什麼都是病象：猜忌，詭詐，小巧，傾軋，挑撥殘殺，互殺，自殺，憂愁，虛偽，骯髒。我不是醫生，不會治病；我就有一雙手，趁它們活靈的時候，我想，或許可以替這時代打開幾扇窗，多少讓空氣流通<u>些</u>，濁的毒性的出去，清醒的潔淨的進來。

但緊接著我的狂妄的招搖，我最敬畏的一個前輩（看了我的弔劉叔和文）就給我當頭一棒：——

> ……既立意來辦報而且鄭重宣言"決意改變我對人的態度"，那麼自己的思想就得先磨治一番。不能單憑主覺，隨便說了就算完事。迎上前去，不要又退了回來！一時的興奮，是無用的，說話越覺得響亮起勁，跳躑有力，其實卻是內心的虛弱，何況說出衰頹懊喪的語氣，教一般青年看了，再給他們以可怕的影響，似乎不是志摩這番挺出身出馬的本意！……

迎上前去，不要又退了回來！這一喝這幾個月來就沒有一天不在我"虛弱的內心"裏迴響，實際上自從我喊出"迎上前去"以後，即使不曾撐開了往後退，至少我自己覺不得我的腳步曾經向前挪動。今天我再不能容我自己這夢夢的下去。算清虧欠，在還算得清的時候，總比窩著渾著強。我不能不自剖。冒著"說出衰頹懊喪的語氣"的危險，我不能不利用這反省的鋒刃，劈去糾著我心身的累贅，淤積，或許這來倒有自我真得解放的希望！

想來這做人真是奧妙。我信我們的生活至少是複雜的。看得見，覺得著的生活是我們的顯明的生活，但同時另有一種生活，跟著知識的開豁逐漸胚胎，成形，活動，最後支配前一種的生活，比是我們投在地上的身影，跟著光亮的增加漸漸由模糊化成清晰，形體是不可捉的，但它自有它的奧妙的存在，你動它跟著動。你不動它跟著不動。在實際生活的匆遽中，我們不易辨認另一種無形的生活的並存，正如我們在陰地裏不見我們的影子；但到了某時候某境地忽的發現了它，不容否認的踵接著你的腳跟，比如你晚間步月時發現你自己的身影。它是你的性靈的或精神的生活。你覺到你有超實際生活的性靈生活的俄頃，是你一生的一個大關鍵！你許到極遲才覺悟（有人一輩子不得機會），但你實際生活中的經歷動作，思想，沒有一絲一屑不同時在你那跟著長成的性靈生活中留著"對號的存根"，正如你的影子不放過你的一舉一動，雖則你不注意到或看不見。

　　我這時候就比是一個人初次發現他有影子的情形。驚駭，訝異，迷惑，聳悚，猜疑，恍惚同時並起，在這辨認你自身另有一個存在的時候。我這輩子只是在生活的道上盲目的前衝，一時踹入一個泥潭；一時踏折一支草花，只是這無目的的奔馳；從那裏來，向那裏去，現在在那裏，該怎麼走，這些根本的問題卻從不曾到我的心上。但這時候突然的，恍然的我驚覺了。彷彿是一向跟著我形體奔波的影子忽然阻住了我的前路，責問我這匆匆的究竟是為什麼！

　　一種新意識的誕生。這來我再不能盲衝，我至少得認明來蹤與去跡，該怎樣走法如其有目的地，該怎樣準備如其前程還在遙遠？

　　啊，我何嘗願意吞這果子，早知有這多的麻煩！現在我第一要考查明白的是這“我”究竟是怎麼一回事；然後再決定掉落在這生活道上的“我”的趨路方面。以前種種動作是沒有這新意識作主宰的；此後，什麼都得由它。

　　　　　　　　　　　　　　　　　　　　四月五日

求醫

To understand that the sky is everywhere blue, it is not necessary to have travelled all round the world —— Goethe

新近有一個老朋友看我，在我寓裏住了好幾天，彼此好久沒有機會談天，偶爾通信也只泛泛的；他只從旁人的傳說中聽到我生活的梗概，又從他所聽到的推想及我更深一義的生活的大致。他早把我作"丟了"。誰說空閒時不能離間朋友間的相知？但這一次彼此又撿起了，理清了早年息息相通的線索，這是一個愉快！單說一件事：他看看我四月間副刊上的兩篇《自剖》，他說他也有文章做了，他要寫一篇《剖志摩的自剖》。他卻不曾寫：我幾次逼問他，他說一定在離京前交卷。有一天他居然謝絕了約會，躲在房子裏裝病，想試他那柄解剖的刀。晚上見他的時候，他文章不曾做起；臉上倒真的有了病容！"不成功"，他說，"不要說剖，我這把刀，即使有，早就在刀鞘裏鏽住了，我怎麼也拉它不出來！我倒自己發生了恐怖，這回回去非發奮不可"。打了全軍覆沒的大敗仗回來的，也沒有他那晚談話時的沮喪！

但他這來還是幫了我的忙；我們倆連著四五晚通宵的談話，在我至少感到了莫大的安慰。我的朋友正是那一類人，說話是絕對不敏捷的，他那永遠茫然的神情與偶爾激出來幾句話，在當時極易招笑，但在事後往往透出極深刻的意義，在聽著的人的心上不易磨滅的：別看他說話的外貌亂石似的粗糙，它那核心裏往往藏著直覺的純樸。他是那一類的朋友，他那不浮誇的同情心在無形中啟發你思想的活動，叫逗你心靈深處的"解嚴"；"你儘量披露你自己"，他彷彿說。"在這裏你沒有被誤解的恐怖"。我們倆的談話是極不平等的；十分裏有几分半的時光是我佔據的，他只貢獻簡短的評語，有時修正，有時讚許，有時引申我的意思；但他是一個理想的"聽者"，他能儘量的容受，不論對面來的是細流或是大水。

我的自剖文不是解嘲體的閒文，那是我個人真的感到絕望的呼聲。"這篇文章是值得寫的"，我的朋友說，"因為你這來冷酷的操刀，無顧戀的劈剖你自己的思想，你至少摸著了現代的意識的一角；你剖的不僅是你，我也叫你剖著了，正如歌德說的'要知道天到處是碧藍，並用不著到全世界去繞行一周'。你還得往更深處剖，難得你有勇氣下手；你還得如你說的，犯著噁心嘔苦水似的嘔，這時代的意識是完全叫種種相衝突的價值的尖刺給交佔住，支離了纏昏了的，你希冀回復清醒與健康先得清理你的外邪與內熱。至於你自己，因為發現病象而就放棄希望，當然是不對的；我可以替你開方。你現在需要的沒有別的，你只要多多的睡！休息，休養，到時候後你自會強壯。我是開口就會牽到歌德的。你不要笑；歌德就是懂得睡的秘密的一個。他每回覺得他的創作活動有退潮的趨向，他就上床去睡，真的放平了身子的睡，不是喻言，直到精神回復了，　線新來的波瀾逼著他再來一次發瘋似的創作。你近來的沉悶，在我看，也只是內心需要休息的符號。正如潮水有漲落的現象，我們勞心的也不免同樣受這自然律的支配，你怎麼也不該挫氣，你正應得利用這時期；休息不是工作的斷絕，它是消極的活動；這正是你吸新營養取得新生機的機會。聽憑地面上風吹的怎樣尖厲，霜蓋得怎麼嚴密，你

只要安心在泥土裏等著，不愁到時候沒有再來一次
爆發的驚喜"。

　　這是他開給我的藥方。後來他又跟別的朋友
談起，他說我的病 —— 如其是病 —— 有兩味藥可
醫，一是"隱居"，一是"上帝"。煩悶是起源於精
神不得充分的怡養；煩躁的生活是勞心人最致命的
傷，離開了就有辦法，最好是去山林靜僻處躲起。
但這環境的改變，雖則重要，還只是消極的一面；
為要啟發性靈，一個人還得積極的尋求。比性愛超
越更不可搖動的一個精神的寄托 —— 他得自動去發
見他的上帝。

　　上帝這味藥是不易配得的。我們姑且放開在一
邊（雖則我們不能因他字面的兀突就忽略他的深刻
的涵義，那就是說這時代的苦悶現象隱示一種漸次
形成宗教性大運動的趨向）；暫時脫離現社會去另謀
隱居生活那味藥，在我不但在事實上有要得到的可
能，並且正合我新近一天迫似一天的私願，我不能
不計較一下。

　　我們都是在生活的蛛網中膠住了的細蟲，有的
還在勉強掙扎，大多數是早已沒了生氣，只當著風
來吹動網絲的時候頂可憐相的晃動著，多經歷一天

人事，做人不自由的感覺也跟著真似一天。人事上的關連一天加密一天，理想的生活上的依據反而一天遠似一天，盡是這飄忽忽的，彷彿是一塊石子在一個無底的深潭中無窮無盡的往下墜著似的 —— 有到底的一天嗎，天知道！實際的生活逼得越緊，理想的生活宕得越空，你這空手僕僕的不"丟"怎麼著？你睜開眼來看看，見著的只是一個悲慘的世界，我們這倒運的民族眼下只有兩種人可分，一種是在死的邊沿過活的，又一種簡直是在死裏面過活的：你不能不發悲心不是，可是你有什麼能耐能抵擋這普遍"死化"的兇潮，太淒慘了呀這"人道的幽微的悲切的音樂"！那麼你閉上眼罷，你只是發現另一個悲慘的世界：你的感情，你的思想，你的意志，你的經驗，你的理想，有那一樣調諧的，有那一樣容許你安舒的？你想要攀援，但是你的力量？你彷彿是掉落在一個井裏，四邊全是光油油不可攀援的陡壁，你怎麼想上得來？就我個人說，所謂教育只是"畫皮"的勾當，我何嘗得到一點真的知識？說經驗吧；不錯，我也曾進貨似的運得一部分的經驗，但這都是硬性的，雜亂的，不經受意識滲透的；經驗自經驗，我自我，這一屋子滿滿的生客

只使主人覺得迷惑，慌張，害怕。不，我不但不曾
"找到"我自己；我竟疑心我是"丟"定了的。曼殊
斐兒在她的日記裏寫——

"我不是晶瑩的透徹"。

"我什麼都不願意的。全是灰色的；
重的、悶的。……我要生活，這話怎麼講？
單說是太易了。可是你有什麼法子？"

"所有我寫下的，所有我的生活，全
是在海水的邊沿上。這彷彿是一種玩藝。
我想把我所有的力量全給放上去，但不知
怎的我做不到。"

"前這幾天，最使人注意的是藍的彩
色。藍的天，藍的山——一切都是神異的
藍！……但深黃昏的時刻才真是時光的時
光。當著那時候，面前放著非人間的美景，
你不難領會到你應分走的道兒有多遠。珍
重你的筆，得不辜負那上升的明月，那白
的天光。你得夠'簡潔'的正如你在上帝
跟前得簡潔。"

"我方才細心刷淨收拾我的水筆。下

回它再要是漏，那它就不夠格兒。"

"我覺得我總不能給我自己一個沉思的機會，我正需要那個。我覺得我的心地不夠清白，不識卑，不興。這底裏的渣子新近又漾了起來。我對著山看，我見著的就是山。說實話？我唸不相干的書……不經心，隨意？是的，就是這情形。心思亂，含糊，不積極，尤其是躲懶，不夠用功——白費時光。我早就這麼喊著——現在還是這呼聲。為什麼這闌珊的，你？啊，究竟為什麼？"

"我一定得再發心一次，我得重新來過。我再來寫一定得簡潔的，充實的，自由的寫，從我心坎裏出來的。平心靜氣的，不問成功或是失敗，就這往前去做去。但是這回得下決心了！尤其得跟生活接近。跟這天，這月，這些星，這些冷落的坦白的高山。"

"我要是身體健康，"曼殊斐兒在又一處寫"我就一個人跑到一個地方，在一株樹下坐著去"。她這苦痛的企求內心的瑩徹與生活調諧，那一個字不在我此時比她更 "散漫，含糊，不積極" 的心境裏引起同情的迴響！啊，誰不這樣想：我要是能，我一定跑到一個地方在一株樹下坐著去。但是你能嗎？

西伯利亞

西伯利亞只是人少，並不荒涼。天然的景色亦自有特色，並不單調；貝加爾湖周圍最美，烏拉爾一帶連綿的森林不可忘。天氣晴爽時空氣竟像是透明的，亮極了，再加地面上雪光的反映，真叫你耀眼，你們住慣城裏的難得有機會飽嚐清潔的空氣；下回你們要是路過西伯利亞或是同樣地方，千萬不要躲懶，逢站停車時，不論天氣怎樣冷，總是下去散步，借冰清尖銳有氣流洗淨你惡濁的肺胃；那真是一個快樂，不僅你的鼻孔，就是你面上與頸上露在外面的毛孔，都受著最甜美的洗禮，給你倦懶的性靈一劑絕烈的刺激，給你鬆散的筋肉一個有力的約束，激蕩你的志氣，加添你的生命。

再有你們過西伯利亞時記著不要忙吃晚飯，犧牲最柔媚的晚景，雪地上的陽光有時幻成最嬌嫩的彩色，尤其是夕陽西漸時，最普通是銀紅，有時鵝黃稍帶綠暈。四年前我遊小瑞士時初次發現了雪地裏光彩的變幻，這回過西伯利亞看得更滿意；你們試想像晚風靜定時在一片雪白平原上，疏伶伶的大樹間，斜刺裏平添出幾大條鮮艷的彩帶，是幻是真，是真是幻，那妙趣到你親身經歷時從容的辨認罷。

但我此時卻不來複寫我當時的印象，那太吃苦了，你們知道這逼緊了你的記憶召回早已消散了的景色，再得應用想像的光輝照出他們顏色的深淺，是一件極傷身的工作，比發寒熱時出汗還兇。並且這來碰記著不清的地方你就得憑空造，那你們又不願意不了不是？好，我想出了一個簡便的辦法；我這本記事冊的前面有幾頁當時隨興塗下的雜記，我就借用不是省事，就可惜我做事情總沒有常性，什麼都只是片斷，那幾段瑣記又是在車上用鉛筆寫的英文，十個字裏至少有五個字不認識，現在要來對號，真不易！我來試試。

（１）西伯利亞並不壞，天是藍的，日光是鮮明的，暖和的，地上薄薄的鋪著白雪、矮樹、甘草白皮松，到處看得見，稀稀的住人的木房子。

（２）方才過一站，下去走了一走，頂暖和。一個十歲左右賣牛奶的小姑娘手裏拿瓶子賣鮮牛奶給我們。她有一隻小圓臉，一雙聰明的藍眼，白淨的皮膚，清秀有表情的面目，她腳上的套鞋像是一對張著大口的黃魚，她的褂子也是古怪的樣子，我的朋友給她一個半盧布的銀幣；她的小眼睛滾上幾滾，接了過去仔細的查看，她開口問了，她要知道這錢是不是真的通用的銀幣；"好的，好的，自然好的"！旁邊站著看的人（俄國車站上多的是閒人）一齊喊了。她露出一點子的笑容，把錢放進口袋，一瓶牛奶交給客人，翻著小眼對我們望望，轉身快快的跑了去。

（3）入境愈深，當地人民的苦況益發的明顯。今天我在赤塔站上留心的看。襤褸的小孩子，從三四歲到五六歲，在站上問客人討錢，並且也不是客氣的討法，似乎他們的手伸了出來決不肯空了回去的。不但在月台上，連站上的飯館裏都有，無數成年的男女，也不知做什麼來的，全靠著我們吃飯處有木欄，斜著他們獸頓的不移動的注視看著你蒸氣的熱湯或是你肘子邊長條的麵包。他們的樣子並不惡，也不兇，可是晦塞而且陰沉，看見他們的面貌你不由得不疑問這裏的人民知不知道什麼是自然的喜悅的笑容。笑他們當然是會得的；尤其是狂笑，當他們受足了 vodka 的影響，但那時的笑是不

119

自然的，表示他們的變態，不是上帝給我們喜悅。這西伯利亞的土人，與其說是受一個有自制力的腦府支配的人身體，不如說是一捆捆的原始的人道，裝在破爛的黑色或深黃色的布衫與奇大的氈鞋裏，他們行動，他們工作，無非是受他們內在的餓的力量所驅使，再沒有別的可說了。

（4）在 Irkutsk 車停時許，他們全下去走路，天早已黑了，站內的光亮只是幾隻貼壁的油燈，我們本想出站，卻反經過一條夾道走進了那普通待車室，在昏迷的燈光下辨認出一屋子黑黝黝的人群，那景象我再也忘不了，尤其是那氣味！悲憫心禁止我盡情的描寫；丹德假如到此地來過，他的地獄裏一定另添一番色彩！

對面街上有一個山東人開著一家小煙舖，他說他來二十年，積下的錢還不夠他回家。

（5）俄國人的生活我還是懂不得。店舖子窗戶裏放著的各式物品是容易認識的，但管舖子做生意的那個人，頭上戴著厚氈帽，臉上滿長著黃色的細毛，是一個不可捉摸的生靈；拉車的馬甚至那奇形的雪橇是可以領會的，但那趕車的緊裹在他那異樣的袍服裏，一隻戴皮套的手揚著一根古舊的皮鞭，是一個不可思議的現象。

　　我怎樣來形容西伯利亞天然的美景？氣氛是晶澈的，天氣澄爽時的天藍是我們在灰沙裏過日子的所不能想像的異景。森林是這裏的特色：連綿，深厚，嚴肅，有宗教的意味。西伯利亞的林木都是直幹的；不問是松，是白楊，是青松或是灌木類的矮樹叢，每株樹的尖頂總是正對著天心。白楊林最多，像是帶旗幟的軍隊，各式的軍徽奕奕的閃亮著；兵士們屏息的排列著，彷彿等候什麼嚴重的命令。松樹林也多茂盛的：幹子不大，也不高，像是稚松，但長得極勻淨，像是園丁早晚修飾的盆景。不錯；這些樹的倔強的不曲性是西伯利亞，或許是俄羅斯，最明顯的特性。

　　——我窗外的景色極美，夕陽正從西北方斜照過來，天空，嫩藍色的，是輕敷著一層纖薄的雲氣，平望去都是齊整的樹林，嚴青的松，白亮的楊，淺棕的筆豎的青松——在這雪白的平原上形成一幅彩色融和的靜景。樹林的頂尖尤其是美，他們在這肅靜的晚景中正像是無數寺院的尖閣，排列著，對高高的藍天默禱。在這無邊的雪地裏有時也看得見住人的小屋，普通是木板造屋頂鋪瓦頗像中國房子，但也有黃或紅色磚砌的。人跡是難得看見的；這全部風景的情調是靜極了，緘默極了，倒像是一切動性的事物在這裏是不應得有位置的；你有時也看得見遲鈍的牲口在雪地的走道上慢慢的動著，但這也不像是有生活的記認。……

契訶夫的墓園

　　詩人們在這喧嘩的市街上不能不感寂寞；因此"傷時"是他們怨懷的發洩，"弔古"是他們柔情的寄托。但"傷時"是感情直接的反動：子規的清啼容易轉成夜鴉的急調，弔古卻是情緒自然的流露，想像已往的韶光，慰藉心靈的幽獨：在墓壚間，在晚風中，在山一邊，在水一角，慕古人情，懷舊光華；像是朵朵出岫的白雲，輕沾斜陽的彩色，冉冉的捲，款款的舒，風動時動，風止時止。

　　弔古便不得不憬悟光陰的實在；隨你想像它是洶湧的洪潮，想像它是緩漸的流水，想像它是倒懸的急湍，想像它是足跡的尾閭，只要你見到它那水花裏隱現著的骸骨，你就認識它那無顧戀的冷酷，它那無限量的破壞的饞慾：桑田變滄海，紅粉變骷髏，青梗變枯柴，帝國變迷夢，夢變煙，火變灰，石變砂，玫瑰變泥，一切的紛爭消納在無聲的墓窟裏……那時間人的來蹤與去跡，它那色調與波紋，便如夕照晚霞中的山嶺融成了青紫一片，是丘是壑，是林是谷，不再分明，但它那大體的輪廓卻亭亭的刻畫在天邊，給你一個最清切的辨認。這一辨認就相聯的喚起了疑問：人生究竟是什麼？你得加下你的按語，你得表示你的"觀"。陶淵明說大家在這一條水裏浮沉，總有一天浸沒在裏面，讓我今天趁南山風色好，多種一棵菊花，多喝一杯甜釀；李太白、蘇東坡、陸放翁都迴響說不錯，我們的"觀"就在這酒杯裏。《古詩十九首》說這一生一扯即過，不過也得過，想長生的是傻子，抓住這現在的現在儘量的享福尋快樂是真的——"不如飲美酒，被服紈與素"，曹子建望著火燒了的洛陽，免不得動感情；他對著渺渺的人生也是絕望——"轉蓬離本根，飄飄隨長風，何意回飆舉，吹我入雲中，高高上無極，天路安可窮"。光陰"悠悠"的神秘警覺了陳元龍：人們在世上都是無儔伴的獨客，各個，在他覺悟時都是寂寞的靈魂。莊子也沒奈何這悠悠的光陰，他藉重一個調侃的骷髏，設想另一個宇宙，那邊生的進行不再受時間的制限。

　　所以弔古——尤其是上墳——是中國文人的一個癖好。這癖好想是遺傳的；因為就我自己說，不僅每到一處地方愛去郊外冷落處尋墓園消遣，那墳墓的意象竟彷彿在我每一個思想的後背遮攔著 —— 單這饅形的一塊黃土在我就有無窮的意趣 —— 更無須蔓草、涼風、白楊、青鱗等等的附帶。墳的意象與死的概念當然不能差離多遠，但在我墳與死的關係卻並不密切：死彷彿有附著或有實質的一個現象，墳墓只是一個美麗的虛無，在這靜定的意境裏，光陰彷彿止息了波動，你自己的思感也收斂了震悸，那時你的性靈便可感到最純淨的慰安，你再不要什麼。還有一個原因為什麼我不愛想死是為死的對象就是最惱人不過的生，死止是中止生，不是解決生，更不是消滅生，止是增劇生的複雜，並不清理它的糾紛。墳的意象卻不暗示你什麼對舉或比稱的實體，它沒有遠親，也沒有近鄰，它只是它，包涵一切，覆蓋一切，調融一切的一個美的虛無。

我這次到歐洲來倒像是專做清明來的；我不僅上知名的或與我有關係的墳（在莫斯科上契訶夫、克魯泡德金的墳，在柏林上我自己兒子的墳，在楓丹薄羅上曼殊斐兒的墳，在巴黎上茶花女，哈哀內的墳；上菩特萊 "惡之花" 的墳；上凡爾泰、盧騷、囂俄的墳；在羅馬上雪萊、基茨的墳；在翡冷翠上勃郎寧太太的墳，上密仡郎其羅，梅迪啟家的墳；日內到 Ravenna 去還得上丹德的墳，到 Assisi 上法蘭西士的墳，到 Mantua 上浮吉爾 [Virgil] 的墳），我每過不知名的墓園也往往進去留連，那時情緒不定是傷悲，不定是感觸，有風聽風，在塊塊的墓碑間且自徘徊，待斜陽淡了再計較回家。

你們下回到莫斯科去，不要貪看列寧，那無非是一個像活的死人放著做廣告的（口孽罪過！）反而忘卻一個真值得去的好所在 —— 那是在雀山山腳下的一座有名的墓園，原先是貴族埋葬的地方，但契訶夫的三代與克魯泡德金也在裏面，我在莫斯科三天，過得異常的昏悶，但那一個向晚，在那噤寂的寺園裏，不見了莫斯科的紅塵，脫離了猶太人的怖夢，從容的懷古，默默的尋思，在他人許有更大的幸福，在我已經知足。那庵名像是 Monestiere Vinozositoh（可譯作聖貞庵），但不敢說是對的，好在容易問得。

我最不能忘情的墳山是日中神戶山上專葬僧尼那地方，一因它是依山築道，林蔭花草是天然的，二因兩側引泉，有不絕的水聲，三因地位高亢，望見海灣與對岸山島，我最不喜歡的是巴黎

Montmartre 的那個墓園，雖則有茶花女的芳鄰我還是不願意，因為它四周是市街，駕空又是一架走電車的大橋，什麼清寧的意致都叫那些機輪軋成了斷片，我是立定主意不去的；羅馬雪萊，基茨的墳場也算是不錯，但這留著以後再講；莫斯科的聖貞庵，是應得讚美的，但躺到那邊去的機會似乎不多！

那聖貞庵本身是白石的，葫蘆頂是金的，旁邊有一個極美的鐘塔，紅色的，方的，異常的鮮艷，遠望這三色——白、金、紅——的配置，極有風趣；墓碑與墳亭密密的在這塔影下散佈著，我去的那天正當傍晚，地下的雪一半化了水，不穿膠皮套鞋是不能走的；電車直到庵前，後背望去森森的林山便是拿破崙退兵時曾經回望的雀山，庵門內的空氣先就不同，常青的樹蔭間，雪鋪的地裏，悄悄的屏息著各式的墓碑：青石的平台，鏤像的長碣；嵌金的塔，中空的享亭，有高踞的，有低伏的，有雕飾繁複的，有平易的：但他們表示的意思卻只是極簡單的一個，古詩說的："下有陳死人，杳杳即長暮。潛寐黃泉下，千載永不寤。"

我們向前走不久便發現了一個頗堪驚心的事

實；有不少極莊嚴的碑碣倒在地上的，有好幾處堅致的石闌與鐵闌打毀了的；你們記得在這裏埋著的貴族居多，近幾年來風水轉了，貴族最吃苦，幸而不毀，也不免亡命，階級的怨毒在這墓園裏都留下了痕跡——楚平王死得快還是逃不了屍體受刑——雖則有標記與無標記，有祭掃與無祭掃，究竟關不關這底下陳死人的痛癢，還是不可知的一件事：但對於虛榮心重視的活人，這類示威的手段卻是一個警告。

我們摸索了半天，不曾尋著契訶夫；我的朋友上那邊去了。我在一個轉角站著等，那時候忽的眼前一亮（那天本是陰沉），夕陽也不知從那邊過來，正照著金頂與紅塔，打成一片不可信的輝煌；你們沒見過大金頂的不易想像他那回光的力量，平常玻璃窗上的反光已夠你耀眼的，何況偌大一個純金的圓穹，我不由得不感謝那建築家的高見，我看了《西遊記》、《封神傳》渴慕的金光神霞，到這裏見著了！更有那秀挺的緋紅的高塔也在這俄頃間變成了粲花搖曳的長虹，彷彿脫離了地面，將次凌空飛去。

契訶夫的墓上（他父親與他並肩）只是一塊瓷

青色的石碑，刻著他的名字與生死的年份，有鐵欄圍著，欄內半化的雪裏有幾瓣小青葉，旁邊樹上掉下去的，在那裏微微的轉動。

我獨自倚著鐵欄，沉思契訶夫今天要是在著他不知怎樣；他是最愛 "幽默"，自己也是最有諧趣的一位先生：他的太太告訴我們他臨死的時候還要她講笑話給他聽；有幽默的人是不易做感情的奴隸的，但今天俄國的情形，今天世界的情形，他要是看了還能笑否，還能拿著他的靈活的筆繼續寫他靈活的小說否？……我正想著，一陣異樣的聲浪從園的那一角傳過來打斷了我的盤算，那聲音在中國是聽慣了的，但到歐洲是不提防的；我轉過去看時有一位黑衣的太太站在一個墳前，她旁邊一個服裝古怪的牧師（像我們的遊方和尚）高聲唸著經咒，在晚色團聚時，在森森的墓門間了，聽著那異樣的音調（語尾曼長向上曳作頓），你知道那怪調是唸給墓中人聽的，這一想毛髮間就起了作用，彷彿底下的一大群全爬了上來在你的周圍站著傾聽似的，同時鐘聲響動。那邊庵門開了，門前亮著一星的油燈，裏面出來成行列的尼僧，向另一屋子走去，一體的黑衣黑兜，悄悄的在雪地裏走去……

克魯泡德金的墳在後園，只一塊扁平的白石，指示這偉大靈魂遺蛻的歇處，看著頗覺淒惘。關門鈴已搖過，我們又得回紅塵去了。

翡冷翠山居閒話

在這裏出門散步去，上山或是下山，在一個晴好的五月的向晚，正像是去赴一個美的宴會，比如去一果子園，那邊每株樹上都是滿掛著詩情最秀逸的果實，假如你單是站著看還不滿意時，只要你一伸手就可以採取，可以恣嚐鮮味，足夠你性靈的迷醉。陽光正好暖和，決不過暖；風息是溫馴的，而且往往因為他是從繁花的山林裏吹度過來，他帶一股幽遠的淡香，連著一息滋潤的水氣，摩挲著你的顏面，輕繞著你的肩腰，就這單純的呼吸已是無窮的愉快；空氣總是明淨的，近谷內不生煙，遠山上不起靄，那美秀風景的全部正像畫片似的展露在你的眼前，供你閒暇的鑒賞。

作客山中的妙處，尤在你永不須躊躇你的服色與體態；你不妨搖曳著一頭的蓬草，不妨縱容你滿腮的苔蘚，你愛穿什麼就穿什麼；扮一個牧童，扮一個漁翁，裝一個農夫，裝一個走江湖的傑卜閃，裝一個獵戶；你再不必提心整理你的領結，你盡可以不用領結，給你的頸根與胸膛一半日的自由，你可以拿一條這邊艷色的長巾包在你的頭上，學一個太平軍的頭目，或是拜倫那埃及裝的姿態；但最要緊的是穿上你最舊的舊鞋，別管他模樣不佳，他們是頂可愛的好友，他們承著你的體重卻不叫你記起你還有一雙腳在你的底下。

這樣的玩頂好是不要約伴，我竟想嚴格的取締，只許你獨身；因為有了伴多少總得叫你分心，尤其是年輕的女伴，那是最危險最專制不過的旅伴，你應得躲避她像你躲避青草裏一條美麗的花蛇！平常我們從自己家裏走到朋友的家裏，或是我們執事的地方，那無非是在同一個大牢裏從一間獄室移到另一間獄室去，拘束永遠跟著我們，自由永遠尋不到我們；但在這春夏間美秀的山中或鄉間你要是有機會獨身閒逛時，那才是你福星高照的時候，那才是你實際領受，親口嚐味，自由與自在的時候，那才是你肉體與靈魂行動一致的時候；朋友們，我們多長一歲年紀往往只是加重我們頭上的枷，加緊我們腳脛上的鏈，我們見小孩子在草裏在沙堆裏在淺水裏打滾作樂，或是看見小貓追他自己的尾巴，何嘗沒有羨慕的時候，但我們的枷，我們的鏈永遠是制定我們行動的上司！所以只有你單身奔赴大自然的懷抱時，像一個裸體的小孩撲入他母親的懷抱時，你才知道靈魂的愉快是怎樣的，單就活著的快樂是怎樣的，單就呼吸就走道單就張眼看聾耳聽的幸福是怎樣的。因此你得嚴格的為己，極端的自私，只許你，體魄與性靈，與自然同在一個脈搏裏跳動，同在一個音波裏起伏，同在一個神奇的宇宙裏自得。我們渾樸的天真，是像含羞草似的嬌柔，一經同伴的抵觸，他就捲了起來，但在澄靜的日光下，和風中，他的姿態是自然的，他的生活是無阻礙的。

　　你一個人漫遊的時候，你就會在青草裏坐地仰臥，甚至有時打滾，因為草的和暖的顏色自然的喚起你童稚的活潑；在靜僻的道上你就會不自主的狂舞，看著你自己的身影幻出種種詭異的變相，因為道旁樹木的陰影在他們迂徐的婆娑裏暗示你舞蹈的快樂；你也會得信口的歌唱，偶爾記起斷片的音調，與你自己隨口的小曲，因為樹林中的鶯燕告訴你春光是應得讚美的；更不必說你的胸襟自然會跟著曼長的山徑開拓，你的心地會看著澄藍的天空靜定，你的思想和著山壑間的水聲，山罅裏的泉

133

響，有時一澄到底的清澈，有時激起成章的波動，流，流，流入涼爽的橄欖林中，流入嫵媚的阿諾河去……

並且你不但不須應伴，每逢這樣的遊行，你也不必帶書。書是理想的伴侶，但你應得帶書，是在火車上，在你住處的客室裏，不是在你獨身漫步的時候。什麼偉大的深沉的鼓舞的清明的優美的思想的根源不是可以在風籟中，雲彩裏，山勢與地形的起伏裏，花草的顏色與香息裏尋得？自然是最偉大的一部書，歌德說，在他每一頁的字句裏我們讀得最深奧的消息。並且這書上的文字是人人懂得；阿爾帕斯與五老峰，雪西里與普陀山，萊因河與揚子江，梨夢湖與西子湖，建蘭與瓊花，杭州西溪的蘆雪與威尼市夕照的紅潮，百靈與夜鶯，更不提一般黃的黃麥，一般紫的紫藤，一般青的青草同在大地上生長，同在和風中波動 —— 他們應用的符號是永遠一致的，他們的意義是永遠明顯的，只要你自己性靈上不長瘡瘢，眼不盲，耳不塞，這無形跡的最高等教育便永遠是你的名分，這不取費的最珍貴的補劑便永遠供你的受用；只要你認識了這一部書，你在這世界上寂寞時便不寂寞，窮困時不窮困，苦惱時有安慰，挫折時有鼓勵，軟弱時有督責，迷失時有南針。

十四年七月

天目山中筆記

佛於大眾中　說我當作佛　聞如是法
音　疑悔悉已除　初聞佛所說　心中大驚
疑　將非魔作佛　惱亂我心耶
　　　　　　　——蓮花經譬喻品——

山中不定是清靜。廟宇在參天的大木中間藏著，早晚間有的是風，松有松聲，竹有竹韻，鳴的禽，叫的蟲子，閣上的大鐘，殿上的木魚，廟身的左邊右邊都安著接泉水的粗毛竹管，這就是天然的笙簫，時緩時急的參和著天空地上種種的鳴籟。靜是不靜的；但山中的聲響，不論是泥土裏的蚯蚓叫或是轎伕們深夜裏"唱寶"的異調，自有一種各別處：它來得純粹，來得清亮，來得透徹，冰水似的沁入你的脾肺；正如你在泉水裏洗濯過後覺得清白些，這些山籟，雖則一樣是音響，也分明有洗淨的功能。

夜間這些清籟搖著你入夢，清早上你也從這些清籟的懷抱中甦醒。

山居是福，山上有樓住更是修得來的。我們的**樓窗**開處是一片蓊蔥的林海；林海外更在雲海！日的光，月的光，星的光：全是你的。從這三尺方的窗戶你接受自然的變幻；從這三尺方的窗戶你散放你情感的變幻。自在，滿足。

今早夢回時睜眼見滿帳的霞光。鳥雀們在讚美；我也加入一份。它們的是清越的歌唱，我的是潛深一度的沉默。

鐘樓中飛下一聲宏鐘，空山在音波的磅礴中震盪。這一聲鐘激起了我的思潮。不，潮字太誇；說思流罷。耶教人說阿門，印度教人說："歐姆"（O —— M），與這種聲的嗡嗡，同是從撮口外攝到闔口內包的一個無限的波動：分明是外擴，卻又有內潛；一切在它的周緣，卻又在它的中心：同時是皮又是核，是軸亦復是廓。"這偉大奧妙的" 'OM' 使人感到動，又感到靜；從靜中見動，又從動中見靜。從安住到飛翔，又從飛翔回復安住；從實在境界超入妙空，又從妙空化生實在：——

"聞佛柔軟音，深遠甚微妙。"

多奇異的力量！多奧妙的啟示！包容一切衝突

性的現象，擴大霎那間的視域，這單純的音響，於我是一種智靈的洗淨。花開花落，天外的流星與田畦間的飛螢，上縐雲天的青松，下臨絕海的巉岩，男女的愛，珠寶的光，火山的溶液：一嬰兒在他的搖籃中安眠。

這山上的鐘聲是晝夜不間歇的，平均五分鐘時一次。打鐘的和尚獨自在鐘頭上住著；據說他已經不間歇的打了十一年鐘，他的願心是打到他不能動彈的那天。鐘樓上供著菩薩，打鐘人在大鐘的一邊安著他的 "座"，他每晚是坐著安神的，一隻手挽著鐘槌的一頭，從長期的習慣，不叫睡眠耽誤他的職司。"這和尚"，我自忖，"一定是有道理的！和尚是沒道理的多；方才那知客僧想把七竅蒙充六根，怎麼算總多了一個鼻孔或是耳孔；那方丈師的談吐裏不少某督軍與某省長的點綴；那管半山亭的和尚更是貪嗔的化身，無端摔破了兩個無辜的茶碗。但這打鐘和尚，他一定不是庸流不能不去看看"！他的年歲在五十開外，出家有二十幾年，這鐘樓，不錯，是他管的，這鐘是他打的（說著他就過去撞了一下）。他每晚，也不錯，是坐著安神的，但此外，可憐，我的俗眼竟看不出什麼異樣。他拂拭著神龕，神坐，拜墊，換上香燭，掇一盂水，洗一把青菜，捻一把米，擦乾了手接受香客的佈施，又轉身去撞一聲鐘。他臉上看不出修行的清癯，卻沒有失眠的倦態，倒是滿滿的不時有笑容的展露；唸什麼經；不，就唸阿彌陀佛，他竟許是不認識字的。"那一帶是什麼山，叫什麼，和尚"？"這裏是天目山"，他說。"我知道，我說的是那一帶的"，我手點著問。"我不知道"，他回答。

山上另有一個和尚，他住在更上去昭明太子讀書台的舊址，蓋著幾間屋，供著佛像，也歸廟管的，叫作茅棚。但這不比得普渡山上的真茅棚，那看了怕人的，坐著或是偎著修行的和尚沒一個不是鵠形鳩面，鬼似的東西。他們不開口的多，你愛佈施什麼就放在他跟前的簍子或是盤子裏，他們怎麼也不睜眼，不出聲，隨你給的是金條或是鐵條。人說得更奇了。有的半年沒有吃過東西，不曾挪過窩，可還是沒有死，就這冥冥的坐著。他們大約離成佛不遠了，單看他們的臉色，就比石片泥土不差什麼，一樣這黑刺刺，死僵僵的。"內中有幾個"，香客們說，"已經成了活佛，我們的祖母早三十年來就看見他們這樣坐著的"！

但天目山的茅棚以及茅棚裏的和尚，卻沒有那樣的浪漫出奇。茅棚是盡夠蔽風雨的屋子，修道的也是活鮮鮮的人，雖則他並不因此滅卻他給我們的趣味。他是一個高身材、黑面目，行動遲緩的中年人；他出家將近十年，三年前坐過禪關，現在這山上茅棚裏來修行；他在俗家時是個商人，家中有父母兄弟姊妹，也許還有自身的妻子；他不曾明說他中年出家的緣由，他只說“俗業太重了，還是出家從佛的好”，但從他沉著的語言與持重的神態中可以覺出他不僅是曾經在人事上受過磨折，並且是在思想上能分清黑白的人。他的口，他的眼，都洩漏著他內裏強自抑制，魔與佛交鬥的痕跡；說他是放過火殺過人的懺悔者，可信；說他是個回頭的浪子，也可信。他不比那鐘樓上人的不著顏色，不露曲折：他分明是色的世界裏逃來的一個囚犯。三年的禪關，三年的草棚，還不曾壓倒，不曾滅淨，他肉身的烈火。“俗業太重了，不如出家從佛的好”；這話裏豈不顫慄著一往懺悔的深心？我覺著好奇；我怎麼能得知他深夜趺坐時意念的究竟？

　　　　佛於大眾中　說我當作佛　聞如是法
　　音　疑悔悉已除

初聞佛所說　心中大驚疑　將非魔所
說　惱亂我心耶

但這也許看太奧了。我們承受西洋人生觀洗禮
的，容易把做人看太積極，人世的要求太猛烈，太
不肯退讓，把住這熱虎虎的一個身子一個心放進生
活的軋床去，不叫他留存半點汁水回去；非到山窮
水盡的時候，決不肯認輸，退後，收下旗幟；並且
即使承認了絕望的表示，他往往直接向生存本體的
取決，不來半不闌珊的收回了步子向後退：寧可自
殺，乾脆的生命的斷絕，不來出家，那是生命的否
認。不錯，西洋人也有出家做和尚做尼姑的，例如
亞佩臘與愛洛綺絲，但在他們是情感方面的轉變，
原來對人的愛移作對上帝的愛，這知感的自體與它
的活動依舊不含糊的在著；在東方人，這出家是求
情感的消滅，皈依佛法或道法，目的在自我一切痕
跡的解脫。再說，這出家或出世的觀念的老家，是
印度不是中國，是跟著佛教來的；印度可以會發生
這類思想，學者們自有種種哲理上乃至物理上的解
釋，也盡有趣味的。中國何以容留這類思想，並且
在實際上出家做尼僧的今天不比以前少（我新近一
個朋友差一點做了小和尚！）。這問題正值得研究，

因為這分明不僅僅是個知識乃至意識的淺深問題，也許這情形盡有極有趣的解釋的可能，我見聞淺，不知道我們的學者怎樣想法，我願意領教。

十五年九月

巴黎的鱗爪

咳巴黎！到過巴黎的一定不會再希罕天堂；嘗過巴黎的，老實說，連地獄都不想去了。整個的巴黎就像是一床野鴨絨的墊褥，襯得你通體舒泰，硬骨頭都給薰酥了的——有時許太熱一些。那也不礙事，只要你受得住。讚美是多餘的，正如讚美天堂是多餘的；咒詛也是多餘的，正是咒詛地獄是多餘的。巴黎，軟綿綿的巴黎，只在你臨別的時候輕輕地囑咐一聲"別忘了，再來"！其實連這都是多餘的。誰不想再去？誰忘得了？

香草在你的腳下，春風在你的臉上，微笑在你的周遭。不拘束你，不責備你，不督飭你，不窘你，不惱你，不揉你。它摟著你，可不縛住你；是一條溫存的臂膀，不是根繩子。它不是不讓你跑，但它那招逗的指尖卻永遠在你的記憶裏晃著。多輕盈的步履，羅襪的絲光隨時可以沾上你記憶的顏色！

但巴黎卻不是單調的喜劇。賽因河的柔波裏掩映著羅浮宮的倩影，它也收藏著不少失意人最後的呼吸。流著，溫馴的水波；流著，纏綿的恩怨。咖啡館：和著交頸的軟語，開懷的笑響，有踞坐在屋隅裏蓬頭少年計較自毀的哀思。跳舞場：和著翻飛的樂調，迷醇的酒香，有獨自支頤的少婦思量著往跡的愴心。浮動在上一層的許是光明，是歡暢，是快樂，是甜蜜，是和諧；但沉澱在底裏陽光照不到的才是人事經驗的本質：說重一點是悲哀，說輕一點是惆悵：誰不願意永遠在輕快的流波裏漾著，可得留神了你往深處去時的發現！

　　一天一個從巴黎來的朋友找我閒談，談起了勁，茶也沒喝，煙也沒吸，一直從黃昏談到天亮，才各自上床去躺了一歇，我一闔眼就回到了巴黎，方才朋友講的情境，恍的把我自己也纏了進去；這巴黎的夢真醇人，醇你的心，醇你的意志，醇你的四肢百體，那味兒除是親嚐過的誰能想像！——我醒過來時還是迷糊的忘了我在那兒，剛巧一個小朋友進房來站在我的床前笑吟吟喊我"你做什麼夢來了，朋友，為什麼兩眼潮潮的像哭似的？"我伸手一摸，果然眼裏有水，不覺也失笑了——可是朝來的夢，一個詩人說的，同是這悲涼滋味，正不知這淚是為那一個夢流的呢！

下面寫下的不成文章，不是小說，不是寫實，也不是寫夢，──在我寫的人只當是隨口曲，南邊人說的"出門不認貨"，隨你們寬容的讀者們怎樣看罷。

出門人也不能太小心了，走道總得帶些探險的意味。生活的趣味大半就在不預期的發現，要是所有的明天全是今天刻板的化身，那我們活什麼來了？正如小孩子上山就得採花，到海也就得撿貝殼，書獃子進圖書館想撈新智慧──出門人到了巴黎就想……你的批評也不能過分嚴正不是？少年老成──什麼話！老成是老年人的特權，也是他們的本份；說來也不是他們甘願，他們是到了年紀不得不，少年人如何能老成？老成了才是怪哪！

放寬一點說，人生只是個機緣巧合；別瞧日常生活河水似的流得平順，它那裏面多的是潛流，多的是漩渦──輪著的時候誰躲得了給捲了進去？那就是你發愁的時候，是你登仙的時候，是你辨著酸的時候，是你嚐著甜的時候。

巴黎也不定比別的地方怎樣不同：不同就在那

邊生活流波裏的潛流更猛，漩渦更急，因此你叫給捲進去的機會也就更多。

我趕快得聲明我是沒有叫巴黎的漩渦給淹了去——雖則也就夠險。多半的時候我只是站在賽因河岸邊看熱鬧，下水去的時候也不能說沒有，但至多也不過在靠岸清淺處溜著，從沒敢往深處跑——這來漩渦的紋螺、勢道、力量，可比遠在岸上時認清楚多了。

九小時的萍水緣

我忘不了她。她是在人生的急流裏轉著的一張萍葉，我見著了它，掬在手裏把玩了一晌，依舊交還給它的命運，任它飄流去——它以前的飄泊我不曾見來，它以後的飄泊，我也見不著，但就這曾經相識匆匆的恩緣——實際上我與她相處不過九小時——已在我的心泥上印下蹤跡，我如何能忘，在憶起時如何能不感須臾的惆悵？

那天我坐在那熱鬧的飯店裏瞥眼看著她，她獨坐在燈光最暗漆的屋角裏，這屋內那一個男子不帶媚態，那一個女子的胭脂口上不沾笑容，就只她：

146

穿一身淡素衣裳，戴一頂寬邊的黑帽，鬈密的睫毛上隱隱閃亮著深思的目光——我幾乎疑心她是修道院的女僧偶爾到紅塵裏隨喜來了。我不能不接著注意她，她的別樣的支頤的倦態，她的曼長的手指，她的落漠的神情，有意無意間的嘆息，都在激發我的好奇——雖則我那時左邊已經坐下了一個瘦的，右邊來了肥的，四條光滑的手臂不住的在我面前晃著酒杯。但更使我奇異的是她不等跳舞開始就匆匆的出去了，好像害怕或是厭惡似的。第一晚這樣，第二晚又是這樣：獨自默默的坐著，到時候又匆匆的離去。到了第三晚她再來的時候我再也忍不住不想法接近她。第一次得著的回音，雖則是"多謝好意，我再不願交友"的一個拒絕，只是加深了我的同情的好奇。我再不能放過她。巴黎的好處就在處處近人情；愛慕的自由是永遠容許的。你見誰愛慕誰想接近誰，決不是犯罪，除非你在經程中洩漏了你的粗氣暴氣，陋相或是貧相，那不是文明的巴黎人所能容忍的。只要你"識相"，上海人說的，什麼可能的機會你都可以利用。對方人理你不理你，當然又是一回事；但只要你的步驟對，文明的巴黎人決不讓你難堪。

我不能放過她，第二次我大膽寫了個字條付中間人 —— 店主人 —— 交去。我心裏直怔怔的怕討沒趣。可是回話來了 —— 她就走了，你跟著去吧。

　　她果然在飯店門口等著我。

　　你為什麼一定要找我說話，先生，像我這再不願意有朋友的人？

　　她張著大眼看我，口唇微微地顫著。

　　我的冒昧是不望恕的，但是我看了你憂鬱的神情我足足難受了三天，也不知怎的我就想接近你，和你談一次話，如其你許我，那就是我的想望，再沒有別的意思。

　　真的她那眼內綻出了淚來，我話還沒說完。

　　想不到我的心事又叫一個異邦人看透了……她聲音都啞了。

　　我們在路燈的燈光下默默的互注了一晌，並著肩沿馬路走去，走不到多遠她說不能走，我就問了她的允許僱車坐上，直望波龍尼大林園清涼的暑夜裏兜去。

　　原來如此，難怪你聽了跳舞的音樂像是厭惡似的，但既然不願意何以每晚還去？

　　那是我的感情作用；我有些捨不得不去，我在巴黎一天，那是我最初遇見 —— 他的地方，但那時候的我……可是你真的同情我的際遇嗎，先生？我快有兩個月不開口了，不瞞你說，今晚見了你我再也不能自制，我爽性說給你我的生平的始末吧，只要你不嫌。我們還是回那飯莊去吧。

你不是厭煩跳舞的音樂嗎？

她初次笑了。多齊整潔白的牙齒，在道上的幽光裏亮著！有了你我的生氣就回復了不少，我還怕什麼音樂？

我們倆重進飯莊去選一個基角坐下，喝完了兩瓶香檳，從十一時舞影最淒亂時談起，直到早三時客人散盡侍役打掃屋子時才起身走，我在她的可憐身世的演述中遺忘了一切，當前的歌舞再不能分我絲毫的注意。

下面是她的自述。

我是在巴黎生長的。我從小就愛讀天方夜譚的故事，以及當代描寫東方的文學；啊東方，我的童真的夢魂那一刻不在它的玫瑰園中留戀？十四歲那年我的姊姊帶我上北京去住，她在那邊開一個時式的帽舖，有一天我看見一個小身材的中國人來買帽子，我就覺著奇怪，一來他長得異樣的清秀，二來他為什麼要來買那樣時式的女帽；到了下午一個女太太拿了方才買去的帽子來換了，我姊姊就問她那中國人是誰，她說是她的丈夫，說開了頭她就講她當初怎樣愛他觸怒了自己的父母，結果斷絕了家庭和他結婚，但她一點不追悔因為她的中國丈夫待她怎樣好法，她不信西方人會像他那樣體貼，那樣溫存。我再也忘不了她說話時滿心怡悅的笑容。從此我仰慕東方的私衷添深了一層顏色。

我再回巴黎的時候已經長大了，我父親是最寵愛我的，我要什麼他就給我什麼。我那時愛跳舞，啊，那些迷醉輕易的時光，巴黎那一處舞場上不見我的舞影。我的妙齡，我的顏色，我的體態，我的聰慧，尤其是我那媚人的大眼——啊，如今你見的只是悲慘的餘生再不留當時的豐韻——制定了我初期的墮落。我說墮落不是？是的，墮落，人生那處不是墮落，這社會那裏容得一個有姿色的女人保全她的清潔？我正快走入險路的時候我那慈愛的老父早已看出我的傾向，私下安排了一個機會，叫我與一個有爵位的英國人接近。一個十七歲的女子那有什麼主意，在兩個月內我就做了新娘。

說起那四年結婚的生活，我也不應得過分的抱怨，但我們歐洲的勢利的社會實在是樹心裏生了蠱，我怕再沒有回復健康的希望。我到倫敦去做貴婦人時我還是個天真的孩子，那有什麼機心，那懂得虛偽的卑鄙的人間的底裏，我又是個外國人，到處遭受嫉忌與批評。還有我那叫名的丈夫。他娶我究竟為什麼動機我始終不明白，許貪我年輕，貪我貌美，帶回家去廣告他自己的手段，因為真的我不曾感著他一息的真情；新婚不到幾時他就對我冷淡了，其實他就沒有熱過，碰巧我是個傻孩子，一天不聽著一半句軟語，不受些溫柔的憐惜，到晚上我就不自制的悲傷。他有的是錢，有的是趨奉諂媚，成天在外打獵作樂，我愁了不來慰我，我病了不來問我，連著三年抑鬱的生涯完全消減了我原來活潑快樂的天機，到第四年實在耽不住了，我與他吵一場回巴黎再見我父親的時候，他幾乎不認識我了。我自此就永別了我的英國丈夫。因為雖則實際的離婚手續在他方面到前年方始辦理，他從我走了後也就不再來顧問我 —— 這算是歐洲人夫妻的情分！

我從倫敦回到巴黎，就比久困的雀兒重複飛回了林中，眼內又有了笑。臉上又添了春色，不但身體好多，我連童年時的種種想望又在我心頭活了回來。三四年結婚的經驗更叫我厭惡西歐，更叫我神往東方。啊浪漫的多情的東方！我心裏常常的懷念著。有一晚，那一個運定的晚上，我就在這屋子內見著了他，與今晚一樣的歌聲，一樣的舞影，想起還不就是昨天，多飛快的光陰，就可憐我一個單薄的女子，無端叫運神擺佈，在情網裏顛連，在經驗的苦海裏沉淪，朋友，我自分是已經埋葬了的活人。你何苦又來逼著我把往事掘起，我的話是簡短的，但我身受的苦惱，朋友，你信我，是不可量的；你望我的眼裏看，憑著你的同情你可以在剎那間領會我靈魂的真際！

他是菲律賓人，也不知怎的我初見面就迷了他。他膚色是深黃的，但他的性情是不可信的溫柔；他身材是短的，但他的私語有多叫人魂銷的魔力？啊，我到如今還不能怨他；我愛他太深，我愛他太真，我如何能一刻忘他，雖則他到後來也是一樣的薄情，一樣的冷酷。你不倦麼，朋友，等我講給你聽？

我自從認識了他我便傾注給他我滿懷的柔情，我想他，那負心的他，也夠他的享受，那三個月神仙似的生活！我們差不多每晚在此聚會的。秘談是他與我，歡舞是他與我，人間再有更甜美的經驗嗎？朋友你知道癡心人赤心愛戀的瘋狂嗎？因為不僅滿足了我私心的想望，我十多年夢魂繚繞的東方理想的實現。有他我什麼都有了，此外我更有什麼沾戀？因此等到我家裏為這事情與我開始交涉的時候，我更不躊躇的與我生身的父母根本決絕。我此時又想起了我垂髫時在北京見著的那個嫁中國人的女子，她與我一樣也為了癡情犧牲一切，我只希冀她這時還能保持著她那純愛的生活，不比我這失運人成天在幻滅的辛辣中回味。

我愛定了他。他是在巴黎求學的，不是貴族，也不是富人：那更使我放心，因為我早年的經驗使我迷信真愛情是窮人才能供給的。誰知他騙了我 —— 他家裏也是有錢的，那時我在熱戀中拋棄了家，犧牲了名譽，跟了這黃臉人離卻巴黎，辭別歐洲，經過一個月的海程，我就到了我理想的燦爛的東方。啊我那時的希望與快樂！但才出了紅海，他就上了心事，經我再三的逼他才告訴他家裏的實情，他父親是菲律賓最有錢的土著，性情是極嚴厲的，他怕輕易不能收受她進他們的家庭。我真不願意把此後可憐的身世煩你的聽，朋友，但那才是我癡心人的結果，你耐心聽著罷！

東方，東方才是我的煩惱！我這回投進了一個更陌生的社會，呼吸更沉悶的空氣；他們自己中間也許有他們溫軟的人情，但輪著我的卻一樣還只是猜忌與譏刻，更不容情的刺襲我的孤獨的性靈。果然他的家庭不容我進門，把我看作一個"巴黎淌來的可疑的婦人"。我為愛他也不知忍受了多少不可忍的侮辱，吞了多少悲淚，但我自慰的是他對我不變的恩情。因為在初到的一時他還是不時來慰我 —— 我獨自賃屋住著。但慢慢的也不知是人言浸潤還是他原來愛我不深。他竟然表示割絕我的意思。朋友，試想我這孤身女子犧牲了一切為的還不是他的愛，如今連他都離了我，那我更有什麼生機？我怎的始終不曾自毀，我至今還不信，因為我那時真的是沒路走了。我又沒有錢，他狠心丟了我，我如何能再去纏他，這也許是我們白種人的倔強，我不久便揩乾了眼淚，出門去自尋活路。我在一個菲美合種人的家裏尋得了一個保姆的職務；天幸我生性是耐煩領小孩的 —— 我在倫敦的日子沒孩子管我就養貓弄狗 —— 救活我的是那三五個活靈的孩子，黑頭髮短手指的乖乖。在那炎熱的島上我是過了兩年沒顏色的生活，得了一次兇險的熱病，從此我面上再不存青年期的光彩。我的心境正稍稍回復平衡的時候兩件不幸的事情又臨著了我：一件是我那他與另一女子的結婚，這消息使我昏絕了過去；一件是被我棄絕的慈父也不知怎的問得了我的蹤跡來電說他老病快死要我回去。啊天罰我！等我趕回巴黎的時候正好趕著與老人訣別，懺悔我先前的造孽！

　　從此我在人間還有什麼意趣？我只是個實體的鬼影，活動的屍體；我的心早就死了，再也不起波瀾；在初次失望的時候我想像中還有個遼遠的東方，但如今東方只在我的心上留下一個鮮明的新傷，我更有什麼希冀，更有什麼心情？但我每晚還是不自主的到這飯店裏來小坐，正如死去的鬼魂忘不了他的老家！我這一生的經驗本不想再向人前吐露的，誰知又碰著了你，苦苦的追著我，逼我再一度撩撥死盡的火灰，這來你夠明白了，為什麼我老是這落漠的神情，我猜你也是過路的客人，我深深自幸又接近一次人情的溫慰，但我不敢希望什麼，我的心是死定了的，時候也不早了，你看方才舞影淒亂的地板上現在只剩一片冷淡的燈光，侍役們已經收拾乾淨，我們也該走了，再會吧，多情的朋友！

"濃得化不開"（星加坡）

上芭蕉有銅盤的聲音，怪。"紅心蕉"，多美的字面，紅得濃得好。要紅，要熱，要烈，就得濃，濃得化不開，樹膠似的才有意思，"我的心像芭蕉的心，紅……"不成！"緊緊的捲著，我的紅濃的芭蕉的心……"更不成。趁早別再謅什麼詩了。自然的變化，只要你有眼，隨時隨地都是絕妙的詩。完全天生的。白做就不成。看這驟雨，這萬千雨點奔騰的氣勢，這迷濛，這渲染，看這一小方草地生受這暴雨的侵凄，鞭打，針刺，腳踹，可憐的小草，無辜的……可是慢著，你說小草要是會說話。它們會嚷痛，會叫冤不？難說他們就愛這門兒 —— 出其不意的，使蠻勁的，太急一些，當然，可這正見情熱，誰說這外表的兇狠不是變相的愛。有人就愛這急勁兒！

再說小草兒吃虧了沒有，讓急雨狼虎似的胡親了這一陣子？別說了，它們這才真漏著喜色哪，綠得發亮，綠得生油，綠得放光。它們這才樂哪！

嘸。一首淫詩。蕉心紅得濃，綠草綠成油。本來末，自然就是淫，它那從來不知厭滿的創化慾的表現還不是淫：淫，甚也。不說別的，這雨後的泥草間就是萬千小生物的胎宮，蚊蟲，甲蟲，長腳蟲，青跳蟲，慕光明的小生靈，人類的大敵。熱帶的自然更顯得濃厚，更顯得猖狂，更顯得淫，夜晚的星都顯得玲瓏些，像要向你說話半開的妙口似的。

可是這一個人耽在旅舍裏看雨，夠多淒涼。上街不知向那兒轉，一隻熟臉都看不見，話都說不通，天又快黑，胡濕的地，你上那兒去？得。"有孤王……"一個小聲音從廉楓的嗓子裏自己唱了出來。"坐至在梅……"怎麼了！哼起京調來了？一想著單身就轉著梅龍鎮，再轉就該是李鳳姐了吧，哼！好，從高超的詩思墮落到腐敗的戲腔！可是京戲也不一定是腐敗，何必一定得跟著現代人學勢利？正德皇帝在梅龍鎮上，林廉楓在星家坡。他有鳳姐，我 —— 慚愧沒有。廉楓的眼前晃著舞台上鳳姐的倩影，曳著圍巾，托著盤，踩著蹻。"自幼兒……"去你的！可是這悶是真的。雨後的天黑得更快，黑影一幕幕的直蓋下來，麻雀兒都回家了。幹什麼好呢？有什麼可幹的？這叫做孤單的況味。

這叫做悶。怪不得唐明皇在斜谷口聽著棧道中的雨聲難過，良心發見，想著玉環……我負了卿，負了卿……轉自憶荒塋，——嘸，又是戲！又不是戲迷，左哼右哼哼什麼的！出門吧。

廉楓跳上了一架廠車，也不向那帶回子帽的馬來人開口，就用手比了一個丟圈子的手勢。那馬來人完全瞭解，腦袋微微的一側，車就開了。焦桃片似的店房，黑芝蔴長條餅似的街，野獸似的汽車，磕頭蟲似的人力車，長人似的樹，矮樹似的人。廉楓在急掣的車上快鏡似的收著模糊的影片，同時頂頭風颳得他本來梳整齊的分邊的頭髮直向後衝，有幾根沾著他的眼皮癢癢的舐，掠上了又下來，怪難受的。這風可真涼爽，皮膚上，毛孔裏，那兒都受用，像是在最溫柔的水波裏游泳。做魚的快樂。氣流似乎是密一點，顯得沉。一隻疏蕩的胳膊壓在你的心窩上……確是有肉麋的氣息，濃得化不開。快，快，芭蕉的巨靈掌，椰子樹的旗頭，橡皮樹的白鼓眼，棕櫚樹的毛大腿，合歡樹的紅花痂，無花果樹的要飯腔，蹲著脖子，彎著臂膊……快，快：馬來人的花棚，中國人家的髭燈，西洋人家的牛奶瓶，回子的回子帽，一臉的黑花，活像一隻煨竈的貓……

　　車忽然停住在那有名的豬水潭的時候，廉楓快
活的心輪轉得比車輪更顯得快，這一頓才把他從幻
想裏錨了回來。這時候旅困是完全叫風給颳散了。
風也颳散了天空的雲，大狗星張著大眼霸佔著東半
天，獵夫只看見兩隻腿，天馬也只漏半身，吐魯士
牛大哥只翹著一支小尾。咦，居然有湖心亭。這是
誰的主意？紅毛人都雅化了，唉。不壞，黃昏未死
的紫曛，湖邊叢林的倒影，林樹間艷艷的紅燈，瘦
玲玲的窄堤橋連通著湖亭。水面上若無若有的漣
漪，天頂幾顆疏散的星。真不壞。但他走上堤橋不
到半路就發見那亭子裏一齒齒的把柄，原來這是為
安量水表的，可這也將就，反正輪廓是一座湖亭，
平湖秋月……嘸，有人在哪！這回他發見的是靠亭
闌的一雙人影，本來是糊成一餅的，他一走近打攪
了他們。"道歉，有擾清興，但我還不只是一朵遊
雲，處俺作甚"。廉楓默誦著他戲白的念頭，粗粗
望了望湖，轉身走了回去。"苟……"他坐上車起首
想，但他記起了煙捲，忙著在風尖上劃火，下文如
其有，也在他第一噴龍捲煙裏沒了。

　　廉楓回進旅店門彷彿又投進了昏沉的圈套。

一陣熱，一陣煩，又壓上了他在晚涼中疏爽了來的心胸。他正想嘆一口安命的氣走上樓去，他忽然感到一股彩流的襲擊從右首窗邊的桌座上飛驟了過來。一種巧妙的敏銳的刺激，一種濃艷的警告，一種不是沒有美感的迷惑。只有在巴黎晦盲的市街上走進新派的畫店時，彷彿感到過相類的驚懼。一張彿拉明果的野景，一幅瑪提斯的窗景，或是彿朗次馬克的一方人頭馬面。或是馬克夏高爾的一個賣菜老頭。可這是怎麼了，那窗邊又沒有掛什麼未來派的畫，廉楓最初感覺到的是一球大紅，像是火焰，其次是一片烏黑，墨晶似的濃，可又花鬚似的輕柔；再次是一流蜜，金漾漾的一瀉，再次是朱古律 Chocolate，飽和著奶油最可口的朱古律。這些色感因為濃初來顯得凌亂，但瞬息間線條和輪廓的辨認籠住了色彩的蓬勃的波流。廉楓幽幽的喘了一口氣。"一個黑女人，什麼了"！可是多妖艷的一個黑女，這打扮真是絕了，藝術的手腕神化了天生的材料，好！烏黑的惺忪的是她的髮，紅的是一邊鬢角上的插花，蜜色是她的玲巧的掛肩，朱古律是姑娘的肌膚的鮮艷，得兒朗打打，得兒鈴丁丁……廉楓停步在樓梯邊的欣賞不期然的流成了新韻。

"還漏了一點小小的卻也不可少的點綴，她一隻手腕上還帶著一小支金環哪。"廉楓上樓進了房還是盡轉著這絕妙的詩題——色香味俱全的奶油朱古律，耐宿兒老牌，兩個辨士一厚塊，拿銅子往軋縫裏放，一，二，再拉那鐵環，喂，一塊印金字紅紙包的耐宿兒奶油朱古律。可口！最早黑人上畫的怕是孟內那張奧林比亞吧，有心機的畫家，廉楓躺在床上在腦筋裏翻著近代的畫史。有心機有膽識的畫家，他不但敢用黑，而且敢用黑來襯托黑，唉，那斜躺著的奧林比亞不是鬢上也插著一朵花嗎？底下的那位很有點像奧林比亞的抄本，就是白的變黑了。但最早對朱古律的肉色表示敬意的可還得讓還高根，對了，就是那味兒，濃得化不開，他為人間，發見了朱古律皮肉的色香味，他那本 Noa，Noa 是二十世紀的 "新生命"——到半開化，全野蠻的風土間去發見文化的本真，開闢文藝的新感覺……

但底下那位朱古律姑娘倒是作什麼的？作什麼的，傻子！她是一個人道主義者，一筏普濟的慈航，她是賑災的特派員，她是來慰藉旅人的幽獨的。可惜不曾看清她的眉目，望去只覺得濃，濃得化不開，誰知道她眉清還是目秀。眉清目秀！思想落後！唯美派的新字典上沒有這類腐敗的字眼。且不管她眉目，她那姿態確是動人，怯憐憐的，簡直是秀麗，衣服也剪裁得好，一頭蓬鬆的烏霞就耐人尋味。"好花兒出至在僻島上"！廉楓閉著眼又哼上了。……

"誰，"悉率的門響將他從床上驚跳了起來，門慢慢的自己開著，廉楓的眼前一亮，紅的！一朵花！是她！進來了！這怎麼好！鎮定，傻子，這怕什麼？

她果然進來了，紅的，蜜的，烏的，金的，朱古律，耐宿兒，奶油，全進來了。你不許我進來嗎？朱古律笑口的低聲的唱著，反手關上了門。這回眉目認得清楚了。清秀，秀麗，韶麗；不成，實在得另翻一本字典，可是"妖艷"，總合得上。廉楓迷胡的腦筋裏掛上了"妖""艷"兩個大字。朱古律姑娘也不等請，已經自己坐上了廉楓的床沿。你倒像是怕我似的，我又不是馬來半島上的老虎！朱古律的濃重的色濃重的香團團圍裹住了半心跳的旅客。濃得化不開！李鳳姐，李鳳姐，這不是你要的好花兒自己來了！籠著金環的一支手腕放上了他的

163

身，紫薑的一隻小手把住了他的手。廉楓從沒有知道他自己的手有那樣的白。"等你家哥哥回來……"廉楓覺得他自己變了驟雨下的小草，不知道是好過，也不知道是難受。湖心亭上那一餅子黑影。大自然的創化慾。你不愛我嗎？朱古律的聲音也動人 —— 脆，幽，媚。一隻青蛙跳進了池潭，撲崔！獵夫該從林子裏跑出來了吧？你不愛我嗎？我知道你愛，方才你在樓梯邊看我我就知道，對不對親孩子？紫薑辣上了他的面龐，救駕！快辣上他的口唇了。可憐的孩子，一個人住著也不嫌冷清，你瞧，這胖胖的荷蘭老婆都讓你抱癱了，你不害臊嗎？廉楓一看果然那荷蘭老婆讓他給擠扁了，他不由的覺得臉有些發燒。我來做你的老婆好不好？朱古律的烏雲都蓋下來了。"有孤王……"使不得。朱古律，蓋蘇文，青面獠牙的……"干米一家的姑母"，血盆的大口，高聳的顴骨，狼噪的笑響……鞭打，針刺，腳踢 —— 喜色，呸，見鬼！唔，悶死了，不好，茶房！

　　廉楓想叫可是嚷不出，身上油油的覺得全是汗。醒了醒了，可了不得，這心跳得多厲害。荷蘭老婆活該遭劫，夾成了一個破爛的葫蘆。廉楓覺得

口裏直發膩，紫薑，朱古律，也不知是什麼。濃得
化不開。

十七年一日

我的祖母之死

（一）

"一個單純的孩子，

過他快活的時光，

興匆匆的，活潑潑的，

何嘗識別生存與死亡？"

這四行詩是英國詩人華茨華斯（William Wordsworth）一首有名的小詩叫做"我們是七人"（We are Seven）的開端，也就是他的全詩的主意。這位愛自然，愛兒童的詩人，有一次碰著一個八歲的小女孩，髮捲蓬鬆的可愛，他問她兄弟姊妹共有幾人，她說我們是七個，兩個在城裏，兩個在外國，還有一個姊妹一個哥哥，在她家裏附近教堂的墓園裏埋著。但她小孩的心理，卻不分清生與死的界限，她每晚攜著她的乾點心與小盤皿，到那墓園的草地裏，獨自的吃，獨自的唱，唱給她的在土堆裏眠著的兄姊聽，雖則他們靜悄悄的莫有迴響，她爛漫的童心卻不曾感到生死間有不可思議的阻隔；所以任憑華翁多方的譬解，她只是睜著一隻靈動的小眼，回答說：

"可是，先生，我們還是七人。"

（二）

其實華翁自己的童真，也不讓那小女孩的完全：他曾經說"在孩童時期，我不能相信我自己有一天也會得悄悄的躺在墳裏，我的骸骨會得變成塵土"。又一次他對人說"我做孩子時最想不通的，是死的這回事將來也會得輪到我自己身上"。

孩子們天生是好奇的，他們要知道貓兒為什麼要吃耗子，小弟弟從那裏變出來的，或是究竟先有雞還是先有雞蛋；但人生最重大的變端 —— 死的現象與實在，他們也只能含糊的看過，我們不能期望一個個小孩子們都是搔頭窮思的丹麥王子。他們臨到喪故，往往跟著大人啼哭；但他只要眼淚一乾，就會到院子裏踢毽子，趕蝴蝶，就使在屋子裏長眠不醒了的是他們的親爹或親娘，大哥或小妹，我們也不能盼望悼死的悲哀可以完全翳蝕了他們稚羊小狗似的歡欣，你如其對孩子說，你媽死了，你知道不知道——他十次裏有九次只是對著你發獃；但他等到要媽叫媽，媽偏不應的時候，他的嫩頰上就會有熱淚流下。但小孩天然的一種表情，往往可以給人們最深的感動，我生平最忘不了的一次電影，就是描寫一個小孩愛戀已死母親的種種天真的情景。她在園裏看種花，園丁告訴她這花在泥裏，澆下水去，就會長大起來。那天晚上天下大雨，她睡在床上，被雨聲驚醒了，忽然想起園丁的話，她的小腦筋裏就發生了絕妙的主意。她偷偷的爬出了床，走下樓梯，到書房裏去拿下桌上供著的她死母的照片，一把揣在懷裏，也不顧傾倒著的大雨，一直走到園裏，在地上用園丁的小鋤掘鬆了泥土，把她懷裏的親媽，謹慎的取出來。栽在泥裏，把鬆泥掩護著；她做完了工就蹲在那裏守候——一個三四歲的女孩，穿著白色的睡衣，在深夜的暴雨裏，蹲在露天的地上，專心篤意的盼望已經死去的親娘，像花草一般，從泥土裏發長出來！

（三）

　　我初次遭逢親屬的大故，是二十年前我祖父的死，那時我還不滿六歲，那是我生平第一次可怕的經驗，但我追想當時的心理，我對於死的見解也不見得比華翁的那位小姑娘高明。我記得那天夜裏，家裏人吩咐祖父病重，他們今夜不睡了，但叫我和我的姊妹先上樓睡去，回頭要我們時他們會來叫的。我們就上樓去睡了，底下就是祖父的臥房，我那時也不十分明白，只知道今夜一定有很怕的事，有火燒，強盜搶，做怕夢，一樣的可怕。我也不十分睡著，只聽得樓下的急步聲，碗碟聲，喚婢僕聲，隱隱的哭泣聲，不息的響音。過了半夜，他們上來把我從睡夢裏抱了下去，我醒過不只聽得一片的哭聲，他們已經把長條香點起來，一屋子煙，一屋子人，圍攏在床前，哭的哭，喊的喊，我也捱了過去，在人叢裏偷看大床裏的好祖父。忽然聽說醒了，醒了，哭喊聲也歇了，我看見父親爬在床裏，把病父抱持在懷裏，祖父倚在他的身上，只眼緊閉著，口裏銜著一塊黑色的藥物他說話了，很清的聲音，雖則我不曾聽明他說的什麼話，後來知道他經過了一陣昏暈，他又醒了過來對家人說："你們吃嚇了，這只算是小死。"他接著又說了好幾句話。隨講音隨低。呼氣隨微，去了，再不醒了，但我卻不曾親見最後的彌留，也許是我記不起，總之我那時早已跪在地板上，手裏擎著香，跟著大眾高聲的哭喊了。

（四）

此後我在親戚家收殮雖則看得不少，但死的實在的狀況卻不曾見過。我們唸書人的幻想力是比較的豐富，但往往因為有了幻想力就不管生命現象的實在，結果是書獃子，陸放翁說"百無一用是書生"。人生範圍是無窮的：我們少年時精力充足什麼都不怕嘗試，只愁沒有出奇的事情做，往往抱怨這宇宙太窄，青天太低，大鵬似的翅膀飛不痛快，但是……但是平心的說，且不論奇的，怪的，特別的，離奇的，我們姑且試問人生裏最基本的事實，最單純的，最普遍的，最平庸的，最近人情的經驗，我們究竟能有多少的把握，我們能有多少深徹的瞭解，我們是否都親身經歷過？譬如說：生產，戀愛，痛苦，悲，死，妒，恨，快樂，真疲倦，真飢餓，渴，毒焰似的渴，真的幸福，凍的刑罰，懺悔，種種的情熱。我可以說，我們平常人生觀，人類，人道，人情，真理，哲理，本能等等名詞不離口吻的唸書人們，什麼文學家，什麼哲學家——關於真正人生基本的事實的實在，知道的——恐怕是極微至少，即使不等於圓圈。我有一個朋友，他和他夫人的感情極厚，一次他夫人臨到難產，因為在外國，所以進醫院什麼都得他自己照料，最後醫生宣言只有用手術一法，但性命不能擔保，他沒有法子，只好和他半死的夫人訣別（解剖時親屬不准在旁的）。滿心毒魔似的難受，他出了醫院，走在道上，走上橋去，像得了離魂病似的，心脈春臼似的跳著，最後他聽著了教堂和緩的鐘聲，他就不自主的跟著鐘聲，進了教堂，跟著在做禮拜的跪著，禱告，懺悔，祈求，唱詩，流淚（他並不是信教的人），他這樣的捱過時刻，後來回轉醫院時，一步步都是慘酷的磨難，比上行刑犯人，加倍的難受，他怕見醫生與看護婦，彷彿他的運命是在他們手掌裏握著，事後他對人說"我這才知道了人生一點子的意味！"

（五）

　　所以不曾經歷過精神或心靈的大變的人們，只是在生命的戶外徘徊，也許偶爾猜想到幾分牆內的動靜，但總是浮的淺的，不切實的，甚至完全是隔膜的。人生也許是個空虛的幻夢，但在這幻象中，生與死，戀愛與痛苦，畢竟是陡起的奇峰，應得激動我們彷徨者的注意，在此中也許有可以感悟到些幻裏的真，虛中的實，這浮動的水泡不曾破裂以前，也應得飽吸自由的日光，反射幾絲顏色！

　　我是一隻不羈的野駒，我往往縱容想像的猖狂，詭辯人生的現實；比如憑藉凹折的玻璃，覺察當前景色。但時而復再，我也能從煩囂的雜響中聽出清新的樂調，在眩耀的雜彩裏，看出有條理的意匠。這次祖母的大故，老家庭的生活，給我不少靜定的時刻，不少深刻的反省。我不敢說我因此感悟了部分的真理，或是取得了若干的智慧；我只能說我因此與實際生活更深了一層的接觸，益發激動我對於人生種種好奇的探討，益發使我驚訝這迷謎的玄妙，不但死是神奇的現象，不但生命與呼吸是神奇的現象，就連日常的生活與習慣與迷信，也好像放射著異樣的光閃，不容我們擅用一兩個形容詞來概狀，更不容我們倡言什麼主義來抹煞 —— 一個革新者的熱心，碰著了實在的寒冰！

（六）

我在我的日記裏翻出一封不曾寫完不曾付寄的信，是我祖母死後第二天的早上寫的。我那時在極強烈的極鮮明的時刻內，很想把那幾日經過感想與疑問，痛快的寫給一個同情的好友，使他在數千里外也能分嘗我強烈的鮮明的感情。那位同情的好友我選中了通伯，但那封信卻只起了一個獃重的頭，一為喪中忙，二為我那時眼熱不耐用心，始終不曾寫就，一直捱到現在再想補寫，恐怕強烈已經變弱，鮮明已經透暗，逃亡的囚迍，不易追獲的了。我現在把那封殘信錄在這裏，再來追摹當時的情景。

通伯：

我的祖母死了！從昨夜十時半起，直到現在，滿屋子只是號咷呼搶的悲音，與和尚、道士、女僧的禮懺鼓磬聲。二十年前祖父喪時的情景，如今又在眼前了。忘不了的情景！你願否聽我講些？

我一路回家，怕的是也許已經見不到老人，但老人卻在生死的交關彷彿存心的彌留著，等待她最鍾愛的孫兒 —— 即不能與他開言訣別，也使他尚能把握她依然溫暖的手掌，撫摩她依然跳動著的胸懷，凝視她依然能自開自闔雖則不再能表情的目睛。她的病是腦充血的一種，中醫稱為"卒中"（最難救的中風）。她十日前在暗房裏躓仆倒地，從此不再開口出言，登仙似的結束了她八十四年的長壽，六十年良妻與賢母的辛勤，她現在已經永遠的脫辭了煩惱的人間，還歸她清淨自在的來處。我們承受她一生的厚愛與蔭澤的兒孫，此時親見，將來追念。她最後的神化，不能自禁中懷的摧痛，熱淚暴雨似的盆湧，然痛心中卻亦隱有無窮的讚美，熱淚中依稀想見她功成德備的微笑，無形中似有不朽的靈光，永遠的臨照她綿衍的後裔……

（七）

舊曆的乞巧那一天，我們一大群快活的遊蹤，驢子灰的黃的白的，轎子四個腳伕抬的，正在山海關外，迂迴的，曲折的繞登角山的栖賢寺，面對著殘圮的長城，巨蟲似的爬山越嶺，隱入煙靄的迷茫。那晚回北戴河海濱住處，已經半夜，我們還打算天亮四點鐘上蓮峰山去看日出，我已經快上床，忽然想起了，出去問有信沒有，聽差遞給我一封電報，家裏來的四等電報，我就知道不妙，果然是"祖母病危速回"！我當晚就收拾行裝，趕早上六時車到天津，晚上才上津浦快車。正嫌路遠車慢，半路又為水發沖壞了軌道過不去，一停就停了十二點鐘有餘，在車裏多過了一夜，直到第三天的中午方才過江上滬寧車。這趟車如其準點到上海，剛好可以接上滬杭的夜車，誰知道又誤了點，誤了不多不少的一分鐘，一面我們的車進站，他們的車頭烏的一聲叫，別斷別斷的去了！我若然是空身子，還可以冒險跳車，偏偏我的一隻手又被行李雇定了，所以只得定著眼睛送它走。

所以直到八月二十二日的中午我方才到家。我給通伯的信說"怕的是已經見不著老人"，在路上那幾天真是難受，縮不短的距離沒有法子，但是那急人的水發，急人的火車，幾面湊攏來，叫我整整的遲一晝夜到家！試想病危了的八十四歲的老人，這二十四點鐘不是容易過的，說不定她剛巧在這個期間內有什麼動靜，那才叫人抱憾哩！但是結果還算沒有多大的差池 —— 她老人家還在生死的交關等著！

（八）

奶奶 —— 奶奶 —— 奶奶！奶 —— 奶！你的孫兒回來了，奶奶！沒有回音。老太太闔著眼，仰面躺在床裏，右手拿著一把半舊的雕翎扇很自在的煽動著。老太太原就怕熱，每年暑天總是扇子不離手的，那幾天又是特別的熱。這還不是好好的老太太，呼吸頂匀淨的，定是睡著了，誰說危險！奶奶，奶奶！她把扇子放下了，伸手去摸著頭頂上掛著的冰袋，一把抓得緊緊的，呼了一口長氣，像是暑天趕道兒的喝了一杯涼湯似的，這不是她明明的有感覺不是？我把她的手拿在我的手裏，她似乎感覺我手心的熱，可是她也讓我握著，她開了眼了！右眼張得比左眼開些，瞳子卻是發獃，我拿手指在她的眼前一挑，她也沒有瞬，那準是她瞧不見了 —— 奶奶，奶奶，—— 她也真沒有聽見，難道她真是病了，真是危險，這樣愛我疼我寵我的好祖母，難道真會得……我心裏一陣的難受，鼻子裏一陣的酸，滾熱的眼淚就迸了出來。這時候床前已經擠滿了人，我的這位，我的那位，我一眼看過去，只見一片慘白憂愁的面色，一雙雙裝滿了淚珠的眼眶，我的媽更看的憔悴。她們已經伺候了六天六夜，媽對我講祖母這回不幸的情形，怎樣的她夜飯前還在大廳上吩咐事情，怎樣的飯後進房去自己擦臉，不知怎樣的閃了下去，外面人聽著響聲進去，已經是不能開口了，怎樣的請醫生，一直到現在還沒有轉機……

　　一個人到了天倫骨肉的中間，整套的思想情緒，就變換了式樣與顏色。你的不自然的口音與語法沒有用了；你的耀眼的袍服可以不必穿了；你的潔白的天使的翅膀，預備飛翔出人間到天堂的，不便在你的慈母跟前自由的開豁；你的理想的樓台亭閣。也不輕易的放進這二百年的老屋；你的佩劍，要塞，以及種種的防禦，在爭競的外界即使是必要的，到此只是可笑的累贅。在這裏，不比在其餘的地方，他們所要求於你的，只是隨熟的聲音與笑貌，只是好的，純粹的本性，只是一個沒有斑點子的赤裸裸的好心。在這些純愛的骨肉的經緯中心，不由得你不從你的天性裏抽出最柔糯亦最有力的幾縷絲線來加密或是縫補這幅天倫的結構。

　　所以我那時坐在祖母的床邊。含著兩朵熱淚，聽母親叙述她的病況，我腦中發生了異常的感想，我像是至少逃回了二十年的光陰，正如我膝前子姪輩一般的高矮。回復了一片純樸的童真，早上走來祖母的床前，揭開帳子叫一聲軟和的奶奶，她也回叫了我一聲，伸手到裏床去摸給我一個蜜棗或是三片狀元糕，我又叫了一聲奶奶，出去玩了，那是如何可愛的辰光，如何可愛的天真，但如今沒有了，再也不回來了。現在床裏躺著的，還不是我的親愛的祖母，十個月前我伴著到普渡登山拜佛清健的祖母，但現在何以不再答應我的呼喚，何以不再能表情，不再能說話，她的靈性那裏去了，她的靈性那裏去了？

（九）

　　一天，一天，又是一天 —— 在垂危的病榻前過的時刻，不比平常飛駛無礙的光陰，時鐘上同樣的一聲嘀嗒，直接的打在你的焦急的心裏，給你一種模糊的隱痛——祖母還是照樣的眠著，右手的脈自從起病以來已是極微僅有的，但不能動彈的卻反是有脈的左側，右手還是不時在揮扇，但她的呼吸還是一例的平勻，面容雖不免瘦削，光澤依然不減，並沒有顯著的衰象，所以我們在旁邊看她的，差不多每分鐘都盼望她從這長期的睡眠中醒來，打一個呵欠，就開眼見人，開口說話——果然她醒了過來，我們也不會覺得離奇，像是原來應當似的。但這究竟是我們親人絕望中的盼望，實際上所有醫生，中醫，西醫，針醫，都已一致的回絕，說這是"不治之症"。中醫說這脈象是憑證，西醫說腦殼裏血管破裂，雖則植物性機能——呼吸，消化——不曾停止，但言語中樞已經斷絕——此外更專門更玄學更科學的理論我也記不得了。所以暫時不變的原因，就在老太太本來的體元太好了。拳術家說的"一時不能散工"，並不是病有轉機的兆頭。

我們自己人也何嘗不明白這是個絕症；但我們卻總不忍自認是絕望：這"不忍"便是人情。我有時在病榻前，在淒悒的靜默中，發生了重大疑問。科學家說人的意識與靈感，只是神經系統最高的作用，這複雜，微妙的機械，只要部分有了損傷或是停頓，全體的動作便發生相當的影響；如其最重要的部分受了擾亂，他不是變成反常的瘋癲，便是完全的失去意識。照這一說，體即是用，離了體即沒有用；靈魂是宗教家的大謊，人的身體一死什麼都完了。這是最乾脆不過的說法，我們活著時有這樣有那樣已經足夠麻煩，盡夠受，誰還有興致，誰還願意到墳墓的那一邊再去發生關係，地獄也許是黑暗的，天堂是光明的，但光明與黑暗的區別無非是人類專擅的假定，我們只要擺脫這皮囊，還歸我清靜，我不願意頭戴一個黃色的空圈子，閣著手掌跪在雲端裏受罪！

再回到事實上來，我的祖母——一位神智最清明的老太太——究竟在那裏？我既然不能斷定因為神經部分的震裂她的靈感性便永遠的消滅，但同時她又分明的失卻了表情的能力，我只能設想她人格的自覺性，也許比平時消淡了不少，卻依舊是在著，像在夢魘裏將醒未醒時似的，明知她的兒婦孫曾不住的叫喚她醒來，明知她即使要永別也總還有多少的囑咐，但是可憐她的眼球再不能反映外界的印象，她的聲帶與口舌再不能表達她內心的情意，隔著這脆弱的肉體的關係，她的性靈再不能與她最親的骨肉自由的交通 —— 也許她也在整夜的伴著我們焦急，伴著我們傷心，伴著我們出淚，這才是最可憐，這才真叫人悲感哩！

（十）

到了八月二十七那天，離她起病的第十一天，醫生吩咐脈象大大的變了，叫我們當心，這十一天內每天她只嚥入很困難的幾滴稀薄的米湯，現在她的面上的光澤也不如早幾天了，她的目眶更陷落了，她的口部的筋肉也更寬弛了，她右手的動作也減少了，即使拿起了扇子也不再能很自然的搧動了 —— 她的大限的確已經到了。但是到晚飯後，反是沒有什麼顯象。同時一家人著了忙，準備壽衣的，準備冥銀的，準備香燈等等的。我從裏走出外，又從外走進裏，只見勿忙的腳步與嚴肅的面容。這時病人的大動脈已經微細的不可辨，雖則呼吸還不至怎樣的急促。這時一門的骨肉已經齊集在病房裏，等候那不可避免的時刻。到了十時光景，我和我的父親正坐在房的那一頭一張床上，忽然聽得一個哭叫的聲音說 —— "大家快來看呀，老太太的眼睛張大了"！這尖銳的喊聲彷彿是一大桶的冰水澆在我的身上，我所有的毛管一齊豎了起來，我們跟蹌的奔到了床前，擠進了人叢。果然，老太太的眼睛張大了，張得很大了！這是我一生從不曾見過，也是我一輩子忘不了的眼見的神奇（恕罪我的描寫！）。不但是兩眼，面容也是絕對的神變了（transfigured）；她原來皺縮的面上，發出一種鮮潤的彩澤，彷彿半瘀的血脈，又一度充滿了生命的精液，她的口，她的兩頰，也都回復了異樣的豐潤；同時她的呼吸漸漸的上升，急進的短促，現在已經幾乎脫離了氣管，只在鼻孔裏脆響的呼出了。但是最神奇不過的是一隻眼睛！她的瞳孔早已失去了收斂性，獃頓的放大了。但是最後那幾秒鐘！不但眼眶是充分的張開了，不但黑白分明，瞳孔銳利的緊斂了，並且放射著一種不可形容，不可信的輝光，我只能稱他為"生命最集中的靈光"！這時候床前只是一片的哭聲，子媳喚著娘，孫子喚著祖母，婢僕爭喊著老太太，幾個稚齡的曾孫，也跟著狂叫太太……但老太太最後的開眼，彷彿是與她親愛的骨肉，作無言的訣別，我們都在號泣的送終，她也安慰了，她放心的去了。在幾秒時內，死的黑影已經移上了老人面部，邊滅了生命的異彩，她最後的呼氣，正似水泡破裂，電光杳滅，菩提的一響，生命呼出了竅，什麼都止息了。

（十一）

我滿心充塞了死象的神奇，同時又須顧管我有病的母親，她那時出性的號啕，在地板上滾著，我自己反而哭不出來；我自己也覺得奇怪了，眼看著一家長幼的涕淚滂沱，耳聽著狂沸似的呼搶叫，我不但不發生同情的反應，卻反達到了一個超感情的，靜定的，幽妙的意境，我想像的看見祖母脫離了軀殼與人間，穿著雪白的長袍，冉冉的上升天去，我只想默默的跪在塵埃，讚美她一生的功德，讚美她一生的圓寂。這是我的設想！我們內地人卻沒有這樣純粹的宗教思想；他們的假定是不論死的是高年厚德的老人或是無知無愆的幼孩，或是罪大惡極的兇人，臨到彌留的時刻總是一例的有無常鬼，摸壁鬼，牛頭馬面，赤髮獠牙的陰差等等到門，拿著鐐煉鎖，來捉拿陰魂到案。所以燒紙帛是平他們的暴戾，最後的呼搶是沒奈何的訣別。這也許是大部分臨死時實在的情景，但我們卻不能概定所有的靈魂都不免遭受這樣的淒辱。譬如我們的祖老太太的死，我只能想她是登天，只能想像她慈祥的神化 —— 像那樣鼎沸的號咷，固然是至性不能自禁，但我總以為不如匐伏隱泣或默禱，較為近情，較為合理。

理智發達了，感情便失了自然的濃摯；厭世主義的看來，眼淚與笑聲一樣是空虛的，無意義的。但厭世主義姑且不論，我卻不相信理智的發達，會得妨礙天然的情感；如其教育真有效力，我以為效力就在剝削了不合理性的"感情作用"，但決不會有損真純的感情；他眼淚也許比一般人流得少些，但他等到流淚的時候他的淚才是應流的淚。我也是智識愈開流淚愈少的一個人，但這一次卻也真的哭了好幾次。一次是伴我的姑母哭的。她為產後不曾復元，所以祖母的病一直瞞著她，一直到了祖母故後的早上方才通知她。她扶病來了。她還不曾下轎，我已經聽出她在啜泣，我一時感覺一陣的悲傷，等到她出轎放聲時，我也在房中覷欷不住。又一次是伴祖母當年的贈嫁婢哭的。她比祖母小十一歲，今年七十三歲，亦已是個白髮的婆子，她也來哭她的"小姐"，她是見著我祖母的花燭的唯一個人，她的一哭我也哭了。

再有是伴我的父親哭的。我總是覺得一個身體偉大的人，他動情感的時候，動人的力量也比平常人偉大些。我見了我父親哭泣，我就忍不住要伴著淌淚。但是感動我最強烈的幾次，是他一人倒在床裏，反覆的啜泣著，叫著媽，像一個小孩似的，我就感到最熱烈的傷感，在他偉大的心胸裏浪濤似的起伏，我就感到母子的感情的確是一切感情的起原與總結，等到一失慈愛的蔭庇，彷彿一生的事業頓時莫有了根柢，所有的快樂都不能填平這唯一的缺陷；所以他這一哭，我也真哭了。

但是我的祖母果真是死了嗎？她的軀體是的。但她是不死的。詩人勃蘭恩德（Bryant）說：

"So live, that when thy summons comes to join the innumcrable caravan which moves to that mysterious realm where each one takes his chamber in the silent halls of death, then go not, like the quarry slave at night scourged to his dungeon, but sustained and soothed.

By an unraltering truth, approach thy grave like one that wraps the drapery or his couch, about him, and lies down to pleasant dreams."

如果我們的生前是盡責任的，是無愧的，我們就會安坦的走近我們的墳墓，我們靈魂裏不會有慚愧或悔恨的刀痕。人生自生至死，如勃蘭恩德的比喻，真是大隊的旅客在不盡的沙漠中進行，只要良心有個安頓，到夜裏你臥倒在帳幕裏也就不怕噩夢來纏繞。

　　我的祖母，在那舊式的環境裏，到我們家來五十九年，真像是做了長期的苦工，她何嘗有一日的安閒，不必說子女的嫁娶，就是一家的柴米油鹽，掃地抹桌，那一件事不在八十歲老人早晚的心上！我的伯父快近六十歲了，但他的起居飲食，還差不多完全是祖母經管的，初出世的曾孫如其有些身熱咳嗽，老太太晚上就睡不安穩；她愛我寵我的深情，更不是文字所能描寫；她那深厚的慈蔭，真是無所不包，無所不蔽。但她的身心即使勞碌了一生，她的報酬卻在靈魂無上的平安；她的安慰就在她的兒女孫曾，只要我們能夠步她的前例，各盡天定的責任，她在冥冥中也就永遠的微笑了。

　　　　　　　　　　　　十一月二十四日

傷雙栝老人

看來你的死是無可致疑的了，宗孟先生，雖則你的家人們到今天還沒法尋回你的殘骸。最初消息來時，我只是不信，那其實是太奇特，太荒唐，太不近情。我曾經幾回夢見你生還，敘述你歷險的始末，多活現的夢境！但如今在栝樹凋盡了青枝的庭院，再不聞"老人"的謦欬；真的沒了，四壁的白聯彷彿在微風中嘆息。這三四十天來，哭你有你的內眷，姊妹，親戚，悼你的私交；惜你有你的政友與國內無數愛君才調的士夫。志摩是你的一個忘年的小友。我不來敷陳你的事功，不來歷敘你的言行；我也不來再加一份涕淚弔你最後的慘變。魂兮歸來！此時在一個風滿天的深夜握筆，就只兩件事閃閃的在我心頭：一是你諧趣天成的風懷，一是髫年失怙的諸弟妹，他們，你在時，那一息不是你的關切，便如今，料想你彷徨的陰魂也常在他們的身畔飄逗。平時相見，我傾倒你的語妙，往往含笑靜聽，不叫我的笨澀屏雜你的瑩徹，但此後，可恨這生死間無情的阻隔，我再沒有那樣的清福了！只當你是在我跟前，只當是消磨長夜的閒談，我此時對你說些瑣碎，想來你不至厭煩罷。

　　先說說你的弟妹。你知道我與小孩子們說得來，每回我到你家去，你們一群四五個，連著眼珠最黑的小五，浪一般的擁上我的身來，牽住我的手，攀住我的頭，問這樣，問那樣；我要走時他們就著了忙，搶帽子的，鎖門的，嗄著聲音苦求的——你也曾見過我的狼狽。自從你的噩耗到後，可憐的孩子們，從不滿四歲到十一歲，那懂得生死的意義，但看了大人們嚴肅的神情，他們都發了獃，一個個木雞似的在人前楞著。有一天聽說他們私下在商量，想組織一隊童子軍。衝出山海關去替爸爸報仇！

　　「栝安」那虛報到的一個早上，我正在你家。忽然間一陣天翻似的鬧聲從外院陡起，一群孩子擁著一位手拿電紙的大聲歡呼著，衝鋒似的陷進了上房。果然是大勝利，該得慶祝的：「爹爹沒有事！」「爹爹好好的！」徽那裏平安電馬上發了去，省她急。福州電也發了去，省他們跋涉。但這歡喜的風景運定活不到三天，又叫接著來的消息給完全

188

煞盡！

當初送你同去的諸君回來，證實了你的死信。那晚，你的骨肉一個個走進你的臥房，各自默惻惻的坐下，阿，那一陣子最難堪的噤寂，千萬種痛心的思潮在各個人的心頭，在這沉默的暗慘中，激盪，洶湧，起伏。可憐的孩子們也都淚的攢聚在一處，相互的偎著，半懂得情景的嚴重。霎時間，衝破這沉默，發動了放聲的號咷，骨肉間至性的悲哀 —— 你聽著嗎，宗孟先生，那晚有半輪黃月斜覷著北海白塔的淒涼？

我知道你不能忘情這一群童稚的弟妹。前晚我去你家時見小四小五在靈幃前翻著筋斗，正如你在時他們常在你的跟前獻技。"你爹呢"？我拉住他們問。"爹死了"，他們嘻嘻的回答，小五摟住了小四一和身又滾做一堆！他們將來的養育是你身後唯一的問題 —— 說到這裏，我不由的想起了你離京前最後幾回的談話，政治生活，你說你不但嚐夠而且厭煩了。這五十年算是一個結束，明年起你準備謝絕俗緣，親自教課膝前的子女；這一清心你就可以用功你的書法，你自覺你腕下的精力，老來是健進，你打算再化二十年工夫，打磨你藝術的天才；

文章你本來不弱，但你想望的卻不是什麼等身的著述，你只求瀝一生的心得，淘成三兩篇不易衰朽的純晶。這在你是一種覺悟；早年在國外初識面時，你每每自負你政治的異稟。即在年前避居津地時你還以為前途不少有為的希望，直到最近政態詭變，你才內省厭倦，認真想回復你書生逸士的生涯。我從最初驚訝你清奇的相貌，驚訝你更清奇的談吐，我便不阿附你從政的熱心，曾經有多少次我諷勸你趁早回航，領導這新時期的精神，共同發現文藝的新土。即如前年泰戈爾來時，你那興會正不讓我們年輕人；你這半百翁登台演戲，不辭勞倦的精神正不知給了我們多少的鼓舞！

不，你不是“老人”；你至少是我們後生中間的一個。在你的精神裏，我們看不見，蒼蒼的鬢髮，看不見五十年光陰的痕跡；你的依舊是二三十年前《春痕》故事裏的“逸”的風情——“萬種風情無地著”，是你最得意的名句，誰料這下文竟命定是“遼原白雪葬華顛”！

誰說你不是君房的後身？可惜當時不曾記你搖曳多姿的吐屬，蓓蕾似的滿綴著警句與諧趣，在此時回憶，只如天海遠處的點點航影，再也認不分明。你常常自稱厭世人，果然，這世界，這人情，那禁得起人銳利的理智的解剖與抉剔？你的鋒芒，有人說，是你一生最吃虧的所在。但你厭惡的是虛偽，是矯情，是頑老，是鄉愿的面目，那還不是該的？誰有你的豪爽，誰有你的倜儻，誰有你的幽默？你的鋒芒，即使露，也決不是完全在他人身上應用，你何嘗放過你自己來？對己一如對人，你絲毫不存姑息，不存隱諱。這就夠難能，在這無往不是矯揉的日子。再沒有第二人，除了你，能給我這樣脆爽的清淡的愉快。再沒有第二人在我的前輩中，除了你能使我感受這樣的無"執"無"我"精神。

最可憐是遠在海外的徽徽，她，你曾經對我說，是你唯一的知己；你，她也曾對我說，是她唯一的知己。你們這父女不是尋常的父女。"做一個有天才的女兒的父親"，你曾說，"不是容易享的福，你得放低你天倫的輩份先求做到友誼的瞭解"。徽，不用說，一生崇拜的就只你，她一生理想的計劃中，那件事離得了聰明不讓她自己的老父？但如今，說也可憐，一切都成了夢幻，隔著這萬里途程，她那弱小的心靈如何載得起這奇重的哀慘！這終天的缺陷，叫她問誰補去？佑著她吧，你不昧的

陰靈，宗孟先生，給她健康，給她幸福，尤其給她
藝術的靈術 —— 同時提攜她的弟妹，共同增榮雪池
雙栝的清名！

十五年二月二日

詩刊弁言

我們幾個朋友想藉副刊的地位，每星期發行一次詩刊，專載創作的新詩與關於詩或詩學的批評及研究文章。

本來這一句話就夠說明我們出詩刊的意思；但本期有的是篇幅，當編輯的得想法補滿它；容我先說這詩刊的起因，再說我個人對於新詩的意見。

我在早三兩天前才知道聞一多的家是一群新詩人的樂窩，他們常常會面，彼此互相批評作品，討論學理。上星期六我也去了。一多那三間畫室，佈置的意味先就怪。他把牆壁塗成一體墨黑，狹狹的給鑲上金邊，像一個裸體的非洲女子手臂上腳踝上套著細金圈似的情調。有一間屋子朝外壁上挖出一個方形的神龕，供著的不消說，當然是來魯薇納絲一類的雕像。他的那個也夠尺外高，石色黃澄澄的像蒸熟的糯米，襯著一體黑的背景，別饒一種滄遠的夢趣，看了叫人想起一片倦陽中的荒蕪的草原，有幾條牛尾幾個羊頭在草叢中掉動。這是他的客室。那邊一間是他做工的屋子，基角的支著畫架，壁上掛著幾幅油色不曾乾的畫。屋子極小，但你在屋裏覺不出你的身子大；帶金圈上的黑公主有些殺伐氣，但她不至於赫癟你的靈性；裸體的女神（她屈著一支腿挽著往下沉的褻衣），免不了幾分引誘性，但她決不容許你逾分的妄想。白天有太陽進來，黑壁上也沾著光；晚快黑影進來，屋子裏彷彿有梅斐七滔佛利士足跡；夜間黑影與燈光交鬥，幻出種種不成形的怪象。

這是一多手造的阿房，確是一個別有氣象的所在，不比我們單知道買花洋紙糊牆，買花蓆子鋪地，買洋式木器填屋子的鄉蠢。有意識的安排，不論是一間屋，一身衣服，一瓶花，就有一種激發想像的暗示，就有一種特具的引力。難怪一多家裏見天有那些詩人去團聚 —— 我羨慕他！

我寫那幾間屋子因為它們不僅是一多自己習藝的背景，它們也就是我們這詩刊的背景。這搭題居然被我做上了；我期望我們將來不至辜負這製背景人的匠心，不辜負那發糯米光的愛神，不辜負那戴金圈的黑姑娘，不辜負那梅斐士滔佛利士出沒的空氣！

我們的大話是：要把創格的新詩當一件認真事情做。這話轉到了我個人對於新詩的淺見。我第一得聲明我決沒有厚顏，自詡有什麼詩才。新近我見一則短文上寫"沒有人會以為徐志摩是一個詩人……"；對極，至少我自己決不敢這樣想，因為詩人總得有天才，天才的擔負是一種厭得死人的擔負，我想著就害怕，我那敢？實際上我寫成了詩式的東西藉機會發表，完全是又一件事，這決不證明我是詩人，要不然詩人真的可以汗牛充棟了！一個時代見不著一個真詩人，是常例；有一兩個露面已夠例外；再盼望多簡直是瘋想。像我個人，歸根說，能認識幾個字，能懂得多少物理人情，做一個平常人還怕不夠格，何況更高的？我又何嘗懂得詩，興致來時隨筆寫下的就能算詩嗎，怕沒有這樣容易！我性靈裏即使有些微創作的光亮，那光亮也就微細得可憐，像板縫裏逸出的一線豆油燈光。痛苦就在這裏；這一絲 Will, O, Wisp，若隱若現的晃著，我料定是我終身不得（性靈的）安寧的原因。

我如其膽敢嘗試過文藝的作品，也無非是在黑弄裏弄班斧，始終是其妙莫名，完全沒有理智的批准，沒有可以自信的目標。你們單看我第一部集子的雜亂，荒傖，就可以知道我這裏的供狀決不是矯情。我這生轉上文學的路徑是極兀突的一件事；我的出發是單獨的，我的旅程是寂寞的，我的前途是蒙昧的。直到最近我才發現在這道上摸索的，不止我一個；旅伴實際上盡有，只是彼此不曾有機會攜手。這發現在我是一種不可言喻的快樂，欣慰。管得這道終究是通是絕，單這在患難中找得同情，已夠酬勞這顛沛的辛苦。管得前途有否天曉，單這在黑暗中叫應，彼此訴說曾經的磨折，已夠暫時忘卻肢休的疲倦。

再說具體一點，我們幾個人都共同著一點信心，我們信詩是表現人類的創造力的一個工具，與音樂與美術是同等同性質的；我們信我們這民族這時期的精神解放或精神革命沒有一部像樣的詩式的表現是不完全的；我們信我們自身靈性裏以及周遭空氣裏多的是要求投胎的思想的靈魂，我們的責任是替它們搏造適當的軀殼，這就是詩文與各種美術的新格式與新音節的發現；我們信完美的形體是完美的精神唯一的表現；我們信文藝的生命是無形的靈感加上有意識的耐心與動力的成績；最後我們信我們的新文藝，正如我們的民族本體，是有一個偉大美麗的將來的。

上面寫的似乎太近宣言式的鋪張，那並不是上等的口味，但我這桿野馬性的筆是沒法駕馭的；我的期望是至少在我們幾個人中間，我的話可以取得相當的認可。同時我也感覺一種戒懼。我第一不敢擔保這詩刊有多久的生命；第二不敢擔保這詩刊的內容可以滿足讀者們最低限度的督責。這當然全在我們自己；這年頭多的是虎頭蛇尾的現象，且看我們這群人終究能避免這時髦否？

此後詩刊準每星期四印出，我們歡迎外來的投稿。

謁見哈代的一個下午

（一）

"如其你早幾年，也許就是現在，到道騫司德的鄉下，你或許碰得到《裘德》的作者，一個和善可親的老者，穿著短褲便服，精神颯爽的，短短的臉面，短短的下頰，在街道上閒暇的走著，照呼著，答話著，你如其過去問他衛撒克士小說裏的名勝，他就欣欣的從詳指點講解；回頭他一揚手，已經跳上了他的自行車，按著車鈴，向人叢裏去了。我們讀過他著作的，更可以想像這位貌不驚人的聖人，在衛撒克士廣大的，起伏的草原上，在月光下，或在晨曦裏，深思地徘徊著。天上的雲點，草裏的蟲吟，遠處隱約的人聲都在他靈敏的神經裏印下不磨的痕跡；或在殘敗的古堡裏拂拭乳石上的苔青與網結；或在古羅馬的舊道上，冥想數千年前銅盔鐵甲的騎兵曾經在這日光下駐蹤或在黃昏的蒼茫裏，獨倚在枯老的大樹下，聽前面鄉村裏的青年男女，在笛聲琴韻裏，歌舞他們節會的歡欣；或在濟茨或雪萊或史文龐的遺跡，悄悄的追懷他們藝術的神奇……在他的眼裏，像在高蒂閒（Théophile Gautier）的眼裏，這看得見的世界是活著的；在他的‘心眼’（The Inward Eye）裏，像在他最服膺的華茨華士的心眼裏，人類的情感與自然的景象是相聯合的；在他的想像裏，像在所有大藝術家的想像裏，不僅偉大的史跡，就是眼前最瑣小最暫忽的事實與印象，都有深奧的意義，平常人所忽略或竟不能窺測的。從他那六十年不斷的心靈生活，——觀察、考量、揣度、印證，——從他那六十年不懈不弛的真純經驗裏，哈代，像春蠶吐絲製繭似的抽繹他最微妙最桀傲的音調，紡織他最縝密最經久的詩歌——這是他獻給我們可珍的禮物"。

（二）

上文是我三年前慕而未見時半自想像半自他人傳述寫來的哈代。去年七月在英國時，承狄更生先生的介紹，我居然見到了這位老英雄，雖則會面不及一小時，在余小子已算是莫大的榮幸，不能不記下一些蹤跡。我不諱我的"英雄崇拜"。山，我們愛踹高的；人，我們為什麼不願意接近大的？但接近大人物正如爬高山，往往是一件費勁的事；你不僅得有熱心，你還得有耐心。半道上力乏是意中事，草間的刺也許拉破你的皮膚，但是你想一想登臨危峰時的愉快！真怪，山是有高的，人是有不凡的！我見曼殊斐兒，比方說，只不過二十分鐘模樣的談話，但我怎麼能形容我那時在美的神奇的啟示中的全生震蕩？——

　　我與你雖僅一度相——

　　但那二十分不死的時間！

　　果然，要不是那一次巧合的相見，我這一輩子就永遠見不著她——會面後不到六個月她就死了。自此我益發堅持我英雄崇拜的勢利，在我有力量能爬的時候，總不教放過一個"登高"的機會。我去年到歐洲完全是一次"感情作用的旅行"；我去是為泰谷爾，順便我想去多瞻仰幾個英雄。我想見法國的羅曼羅蘭；意大利的丹農雪烏，英國的哈代。但我只見著了哈代。

　　在倫敦時對狄更生先生說起我的願望，他說那容易，我給你寫信介紹，老頭精神真好，你小心他帶了你到道騫斯德林子裏去走路，他彷彿是沒有力乏的時候似的！那天我從倫敦下去到道騫斯德，天氣好極了，下午三點過到的。下了站我不坐車，問了 MaxGate 的方向，我就欣欣的走去。他家的外園門正對一片青碧的平壤，綠到天邊，綠到門前；左側遠處有一帶綿延的平林。進園徑轉過去就是哈代自建的住宅，小方方的壁上滿爬著藤蘿。有一個工人在園的一邊剪草，我問他哈代先生在家不，他點一點頭，用手指門。我拉了門鈴，屋子裏突然發一陣狗叫聲，在這寧靜中聽得怪尖銳的，接著一個白紗抹頭的年輕下女開門出來。

"哈代先生在家，" 她答我的問，"但是你知道哈代先生是 '永遠' 不見客的"。

我想糟了。"慢著"，我說 "這裏有一封信，請你給遞了進去"。"那末請候一候"，她拿了信進去又關上了門。

她再出來的時候臉上堆著最俊俏的笑容。"哈代先生願意見你，先生，請進來"。多俊俏的口音！"你不怕狗嗎，先生"，她又笑了。"我怕"，我說。"不要緊，我們的梅雪就叫，她可不咬，這兒生客來得少"。

　　我就怕狗的襲來！戰兢兢的進了門，進了官廳，下女關門出去，狗還不曾出現，我才放心。壁上掛著沙琴德（John Sargent）的哈代畫像，一邊是一張雪萊的像，書架上記得有雪萊的大本集子，此外陳設是樸素的，屋子也低，暗沉沉的。

　　我正想著老頭怎麼會這樣喜歡雪萊，倆人的脾胃相差夠多遠，外面樓梯上一陣急促的腳步聲和狗鈴聲下來，哈代推門進來了。我不知他身材實際多高，但我那時站著平望過去，最初幾乎沒有見他，我的印象是他是一個矮極了的小老頭兒。我正要表示我一腔崇拜的熱心，他一把拉了我坐下，口裏連著說 "坐坐"，也不容我說話，彷彿我的 "開篇" 辭他早就有數，逕著問我，他那急促的一頓頓的語調與乾澀的蒼老的口音，"你是倫敦來的"？"狄更生是你的朋友"？"他好"？"你譯我的詩"？"你怎麼翻的"？"你們中國詩用韻不用"？前面那幾句問話是用不著答的（狄更生信上說起我翻他的詩），所以他也不等我答話，直到末一句他才收住了。坐著也是奇矮，也不知怎的，我自己只顯得高，私下不由躊躕，似乎在這天神面前我們凡人就在身材上也不應分佔先似的（阿，你沒見過蕭伯納——這比下來你是個螞蟻！）！這時候他斜著坐，一隻手擱在台上頭微微低著，眼往下看，頭頂全禿了，兩邊腦角上還各有一鬆也不全花的頭髮；他的臉盤粗看像是一個尖角往下的等邊形三角，兩顴像是特別寬，從寬濃的眉尖直掃下來的束住在一個短促的下巴尖；他的眼不大，但是深凹的，往下看的時候多，不易看出顏色與表情。最特別的，是"哈代的"，是他那口連著兩旁鬆鬆往下墮的夾腮皮。如其他的眉眼只是憂鬱的深沉，他的口腦的表情分明是厭倦與消極。不，他的臉是怪，我從不曾見過這樣耐人尋味的臉。他那上半部，禿的寬廣的前顥，著髮的頭角，你看了覺得好玩，正如一個孩子的頭，使你感覺一種天真的趣味，但愈往下愈不好看，愈使你覺得難受，他那皺紋龜駁的臉皮正使你想起蒼老的岩石，雷電的猛烈，風霜的侵陵，雨雷的剝蝕，苔蘚的沾染，蟲鳥的斑爛，什麼時間與空間的變幻都在這上面遺留著痕跡！你知道他是不抵抗的，忍受的，但看他那下顥，誰說這不洩露他的怨毒，他的厭倦，他的報復性的沉默！他不露一點笑容，你不易相信他與我們一樣也有喜笑的本能。正如他的脊背是傾向傴僂，他面上的表情也只是一種不勝壓迫的傴僂。喔哈代！

回講我們的談話。他問我們中國詩用韻不。我說我們從前只有韻的散文，沒有無韻的詩，但最近……但他不要聽最近，他贊成用韻，這道理是不錯的。你投塊石子到湖心裏去，一圈圈的水紋漾了開去，韻是波紋。少不得，抒情詩 Lyric 是文學的精華的精華。顛不破的鑽石，不論多小。磨不滅的光彩。我不重視我的小說。什麼都沒有做好的小詩難（他背了莎士比亞 "Tell me where is Fancy bred"，朋瓊生〔Ben Jonson〕的 "Drink to me only with thine eyes"，高興的說）。我說我愛他的詩因它們不僅結構嚴密像建築，同時有思想的血脈在流走，像有機的整體。我說了 organic 這個字；他重複說了兩遍："Yes organic, yes organic: A poem ought to be a living thing"。練習文字頂好學寫詩；很多人從學詩寫好散文，詩是文學的秘密。

他沉思了一晌。"三十年前有朋友約我到中國去。他是一個教士。我的朋友，叫莫爾德，他在中國住了五十年，他回英國來時每回說話先想起中文再翻英文的！他中國什麼都知道，他請我去，太不便了，我沒有去。但是你們的文字是怎麼一回事？難極了不是？為什麼你們不丟了它，改用英文或法文，不方便嗎"？哈代這話駭住了我。一個最認識各種語言的天才的詩人要我們丟掉幾千年的文字！我與他辯難了一晌，幸巧他也沒有堅持。

　　說起我們共同的朋友。他又問起狄更生的近況，說他真是中國的朋友。我說我明天到康華爾去看羅素。誰？羅素？他沒有加案語。我問起勃倫騰（Ed-mund Blunden），他說他從日本有信來，他是一個詩人。講起麥雷（John M. Murry）他起勁了。"你認識麥雷"？他問。"他就住在這兒道騫斯德海邊，他買了一所古怪的小屋子，正靠著海，怪極了的小屋子，什麼時候那可以叫海給吞了去似的。他自己每天坐一部破車到鎮上來買菜。他是有能幹的。他會寫。我也見過他從前的太太曼殊斐兒？他又娶了，你知道不？我說給你聽麥雷的故事。曼殊斐兒死了，他悲傷得很，無聊極了，他辦了他的報（我怕他的報維持不了），還是悲傷。好了，有一天有一個女的投稿幾首詩，麥雷覺得有意思，寫信叫她去看他，她去看他，一個年輕的女子，兩人說投機了，就結了婚，現在大概他不悲傷了"。

他問我那晚到那裏去。我說到 Exeter 看教堂去，他說好的。他就講建築、他的本行。我問你小說裏常有建築師，有沒有你自己的影子？他說沒有。這時候梅雪出去了又回來，咻咻的爬在我的身上亂抓。哈代見我有些窘，就站起來呼開梅雪，同時說我們到園裏去走走吧，我知道這是送客的意思。我們一起走出門繞到屋子的左側去看花，梅雪搖著尾巴咻咻的跟著。我說哈代先生，我遠道來你可否給我一點小紀念品。他回頭見我手裏有照相機，他趕緊他的步子急急的說，我不愛照相，有一次美國人來給了我很多的麻煩，我從此不叫來客照相，我也不給我的筆跡（Autograph），你知道？他腳步更快了，微僂著背，腿微向外彎一擺一擺的走著彷彿怕來客要強搶他什麼東西似的！"到這兒來，這兒有花，我來採兩朵花給你做紀念好不好"？他俯身下去到花壇裏去採了一朵紅的一朵白的遞給我"你暫時插在衣襟上吧，你現在趕六點鐘車剛好，恕我不陪你了，再會，再會——來，來，梅雪：梅雪……"老頭揚了揚手，徑自進門去了。

嗇刻的老頭，茶也不請客人喝一盅！但誰還不滿足，得著了這樣難得的機會？往古的達文賽、莎士比亞、葛德、拜倫，是不回來了的；——哈代！
多遠多高的一個名字！方才那頭禿禿的背彎彎的腿
屈屈的，是哈代嗎？太奇怪了！那晚有月亮，離開
哈代五個鐘頭以後，我站在哀克剎脫教堂的門前玩
弄自身的影子，心裏充滿著神奇。

秋

　　兩年前，在北京，有一次，也是這麼一個秋風
生動的日子，我把一個人的感想比作落葉，從生命
那樹上掉下來的葉子。落葉，不錯，是衰敗和凋零
的象徵，它的情調幾乎是悲哀的。但是那些在半空
裏飄搖，在街道上顛倒的小樹葉兒，也未嘗沒有它
們的嫵媚，它們的顏色，它們的意味，在少數有心
人看來，它們在這宇宙間並不是完全沒有地位的。
"多謝你們的摧殘，使我們得到解放，得到自由"。
它們彷彿對無情的秋風說："勞駕你們了，把我們踏
成粉，踩成泥，使我們得到解脫，實現消滅，"它
們又彷彿對不經心的人們這麼說。因為看著，在春
風回來的那一天，這叫卑微的生命的種子又會從冰
封的泥土裏翻成一個新鮮的世界。它們的力量，雖
則是看不見，可是不容疑惑的。

　　我那時感著的沉悶，真是一種不可形容的沉
悶。彷彿一座大山，我整個的生命叫它壓在底下。
我那時的思想簡直是毒的，我有一首詩，題目就叫

《毒藥》，開頭的兩行是 ——

"今天不是，我歌唱的日子，我口邊涎著獰惡的冷笑，不是我說笑的日子，我胸懷間插著發冷光的刀劍：

相信我，我的思想是惡毒的，因為這世界是惡毒的，我的靈魂是黑暗的，因為太陽已經滅絕了光彩，我的聲調，像是墳堆裏的夜梟，因為人間已經殺盡了一切的和諧，我的口音，像是冤鬼責問他的仇人，因為一切的恩已經讓路給一切的怨。"

我藉這一首不成形的咒詛的詩，發洩了我一腔的悶氣，但我卻並不絕望，並不悲觀，在極深刻的沉悶的底裏，我那時還摸著了希望。所以我在《嬰兒》—— 那首不成形詩的最後一節 —— 那詩的後段，在描寫一個產婦在她生產的受罪中，還能含有希望的句子。

在我那時帶有預言性的想像中，我想望著一個偉大的革命。因此我在那篇《落葉》的末尾，我還有勇氣來對付人生的挑戰，鄭重的宣告一個態度，高聲的喊一聲 "Everlasting Yea" 藉用兩個有力量的外國字 —— "Everlasting Yea"

"Everlasting Yea"，"Everlasting Yea" 一年，一年，

又過去了兩年。這兩年間我那時的想望有實現了沒有？那偉大的《嬰兒》有出世了沒有？我們的受罪取得了認識與價值沒有？

我不知道，我不知道。我知道的還只是那一大堆醜陋的蠻腫的沉悶，膩得蠱人的沉悶，籠蓋著我的思想，我的生命。它在我的經絡裏，在我的血液裏。我不能抵抗，我再沒有力量。

我們靠著維持我們生命的不僅是麵包，不僅是飯，我們靠著活命的，用一個詩人的話，是情愛，敬仰心，希望。"We live by love, admiration and hope" 這話又包涵一個條件，就是說這世界這人類是能承受我們的愛，值得我們的敬仰，容許我們的希望的。但現代是什麼光景？人性的表現，我們看得見聽得到的，到底是怎樣回事？我想我們的都不是外人，用不著掩飾，實在也無從掩飾，這裏沒有什麼人性的表現，除了醜惡，下流，黑暗。太醜惡了，我們火熱的胸膛裏有愛不能愛，太下流了，我們有敬仰心不能敬仰，太黑暗了，我們要希望也無從希望。太陽給天狗吃了去，我們只能在無邊的黑暗中沉默著，永遠的沉默著！這彷彿是經過一次強烈的地震的悲慘，思想，感情，人格，全給震成了無可收拾的斷片，也不成系統，再也不得連貫，再也沒有表現。但你們在這個時候要我來講話，這使我感著一種異樣的難受。難受，因為我自身的悲慘，難受，尤其因為我感到你們的邀請不止是一個尋常講演的邀請，你們來邀我，當然不是要什麼現成的主義，那我是外行，也不為什麼專門的學識，那我是草包，你們明知我是一個詩人，他的家當，除了幾座空中的樓閣，至多只是一顆熱烈的心。你們邀我來也許在你們中間也有同我一樣感到這時代的悲哀，一種不可解脫不可擺脫的況味，所以邀我這同是這悲哀沉悶中的同志來，希冀萬一，可以給你們打幾個幽默的比喻，說一點笑話，給一點子安慰，有這麼小小的一半個時辰。彼此可以在同情的溫暖中忘卻時間的冷酷。因此我躊躇，我來怕沒有交代，不來又於心不安。我也曾想選幾個離著實際的人生較遠些的事兒來和你們談談，但是相信我，朋友們，這念頭是枉然的，因為不論你思想的起點是星光是月是蝴蝶，只一轉身，又逢著了人生的基本問題，冷森森的豎著像是幾座攔路的墓碑。

不，我們躲不了它們：關於這時代人生的問號，小的，大的，歪的，正的，像蝴蝶的繞滿了我們的周遭。正如在兩年前它們逼迫我宣告一個堅決的態度，今天它們還是逼迫著要我來表示一個堅決的態度。也好，我想，這是我再來清理一次我的思想的機會，在我們完全沒有能力解決人生問題時，我們只能承認失敗。但我們當前的問題究竟是些什麼？如其它們有力量壓倒我們。我們至少也得抬起頭來認一認我們敵人的面目。再說譬如醫病，我們先得看清是什麼病而後用藥，才可以有希望治病，說我們是有病，那是無可置疑的。但病在那一部，最重要的徵候是什麼，我們卻不一定答得上。至少，各人有各人的答案，決不會一致的。就說這時代的煩悶：煩悶也不能憑空來的不是？它也得有種種造成它的原因，它到底是怎麼回事，我們也得查個明白。換句話說，我們先得確定我們的問題，然後再第二步的解決。也許在分析我們的病症的研究中，某種對症的醫法，就會不期然的顯現。我們來試試看。

　　說到這裏，我們可以想像一班樂觀派的先生們冷眼的看著我們好笑。他們笑我們無事忙，談什麼人生，談什麼根本問題，人生根本就沒有問題，這都是那玄學鬼鑽進了懶惰人的腦筋裏在那不相干的搞玄虛來了！做人就是做人，重在這做字上。你天性喜歡工業，你去找工程事情做去就得。你愛談整理國故，你尋你的國故整理去就得。工作，更多的工作，是唯一的福音。把你有腦力精神一齊放在你願意做的工作上，你就不會輕易發揮感傷主義，你就不會無病呻吟，你只要盡力去工作，什麼問題都沒有了。

這話初聽到是又生辣又乾脆的，本來，有什麼問題，做你的工好了，何必自尋煩惱！但是你仔細一想的時候，這明白曉暢的福音還是有漏洞的。固然這時代很多的呻吟只是懶鬼的裝痛，或是虛幻的想像，但我們因此就能說這時代本來是健全的，所謂病痛所謂煩惱無非是心理作用了嗎？固然當初德國有一個大詩人，他的偉大的天才使他在什麼心智的活動中都找到趣味，他在科學實驗室裏工作得厭倦了，他就跑出來帶住一個女性就發迷，西洋人說的 "跌進了戀愛"；回頭他又厭倦了或是失戀了，只一感到煩惱，或悲哀的壓迫，他又趕快飛進了他的實驗室，關上了門，也關上了他自己的感情的門，又潛心他的科學研究去了。在他，所謂工作確是一種救濟，一種關欄，一種調劑，但我們怎能比得？我們一班青年感情和理智還不能分清的時候，如何能有這樣偉大的克制的工夫？所以我們還得來研究我們自身的病痛，想法可能的補救。

並且這工作論是實際上不可能的。因為假如社會的組織，果然能容得我們各人從各人的心願選定各人的工作並且有機會繼續從事這部分的工作，那還不是一個黃金時代？"民各樂其業，安其生"。還有什麼問題可談的？現代是這樣一個時候嗎？商人能安心做他的生意，學生能安心讀他的書，文學家能安心做他的文章嗎？正因為這時代從思想起，什麼事情都顛倒了，混亂了，所以才會發生這普通的煩悶病，所以才有問題，否則認真吃飽了飯沒有事做，大家甘心自尋煩惱不成？

我們來看看我們的病症。

第一個顯明的徵候是混亂。一個人群社會的存在與進行是有條件的。這條件是種種體力與智力的活動的和諧的合作，在這種種活動中的總線索，總指揮，是無形跡可尋的思想。我們簡直可以說哲理的思想，它順著時代或領著時代規定人類努力的方面，並且在可能時給它一種解釋，一種價值的估定與意義的發現。思想的一個使命，是引導人類從非意識的以至無意識的活動進化到有意識的活動，這點子意識性的認識與覺悟，是人類文化史上最光榮的一種勝利，也是最透徹的一種快樂。果然是這部分哲理的思想，統轄得住這人群社會全體的活動，這社會就上了正軌：反面說，這部分思想要是失去了它那總指揮的地位，那就壞了，種種體力和智力的活動，就隨時隨地有發生衝突的可能，這重心的抽去是種種不平衡現象主要的原因。現在的中國就吃虧在沒有了這個重心，結果什麼都豁了邊，都不合式了。我們這老大國家，說也可慘，在這百年來，根本就沒有思想可說。從安逸到寬鬆，從寬鬆到怠惰，從怠惰到著忙，從著忙到瞎闖，從瞎闖到混亂，這幾個形容詞我想可以概括近百年來中國的思想史，—— 簡單說，它完全放棄了總指揮的地位。沒有了系統，沒有了目標，沒有了和諧，結果是現代的中國：一片混亂。

混亂，混亂，那兒都是的。因為思想無能，所以引起種種混亂的現象，這是一步。再從這種種的混亂，更影響到思想本體，使他也傳染了這混亂。好比一個人因為身體軟弱才受外感，得了種種的病，這病的蔓延又回過來消蝕病人有限的精力，使他變成更軟弱了，這是第二步。經濟，政治，社會，那兒不是蹊蹺，那兒不是混亂？這影響到個人方面是理智與感情的不平衡，感情不受理智的節制就是意氣，意氣永遠是浮的，淺的，無結果的；因為意氣佔了上風，結果是錯誤的活動。為了不曾辨認清楚的目標，我們的文人變成了政客，研究科學的，做了非科學的官，學生拋棄了學問的尋求，工人做了野心家的犧牲。這種種混亂現象影響到我們青年是造成煩悶心理的原因的一個。

這一個徵候 —— 混亂 —— 又過渡到第二個徵候 —— 變態。什麼是人群社會的常態？人群是感情的結合。雖則盡有好奇的思想家告訴我們人是互殺互害的，或是人的團結是基本於怕懼的本能，雖則就在有秩序上軌道的社會裏，我們也看得見惡性的表現，我們還是相信社會的紀網是靠著積極的情感來維系的。這是說在一常態社會的天平上，情愛的分量一定超過仇恨的分量，互助的精神一定超過互害互殺的現象。但在一個社會沒有了負有指導使命的思想的中心的情形之下，種種離奇的變態的現象，都是可能產生的了。

一個社會在不能供給正當的職業時，他即使有嚴厲的法令，也不能禁止盜匪的橫行。一個社會不能保障安全，獎勵恆業恆心，結果原來正當的商人，都變成了拿妻子生命財產來做買空賣空的投機家。我們只要翻開我們的日報：就可以知道這現代的社會是常態是變態。籠統一點說，他們現在只有兩個階級可分，一個是執行恐怖的主體，強盜，軍隊，土匪，政客，野心的政治家，所有得勢的，投機家都是的，他們實行的，不論明的暗的，直接間接都是一種恐怖主義。還有一個是被恐怖的。前一階級永遠拿著殺人的利器或是類似的東西在威嚇著，壓迫著，要求滿足他們的私慾，後一階級永遠是在地上爬著，發著抖，喊救命，這不是變態嗎？這變態的現象表現在思想上就是種種荒謬的主義離奇的主張。籠統說，我們現在聽得見的主義主張，除了平庸不足道的，大都是計算領著我們向死路上走的。這不是變態嗎？

　　這種種變態現象影響到我們青年，又是造成煩悶心理的原因的一個。

　　這混亂與變態的現象又協同造成了第三種的現象——一切標準的顛倒。人類的生活的條件，不僅僅是衣食住；"人之異於禽犬得幾希"，我們一講到人道，就不能脫離相當的道德觀念。這比是無形的空氣，他的清鮮是我們健康生活的必要條件。我們不能沒有理想，沒有信念，我們真生命的寄託決不在單純的衣食間。我們崇拜英雄！廣義的英雄——因為在他們事業上所表現的品性裏，我們可以感到精神的滿足與靈感，鼓勵我們更高尚的天性，勇敢的發揮人道的偉大。你崇拜你的愛人，因為她代表的是女性的美德。你崇拜當代的政治家，因為他們代表的是無私心的努力。你崇拜思想家，因為他們代表的是尋求真理的勇敢。這崇拜的涵義就是標準。時代的風尚儘管變遷，但道義的標準是永遠不動提的。這些道義的準則，我們同時代要求的是隨時給我們這些道義準則一個具體的表現。彷彿是在渺茫的人生路上給戀著幾顆照路的明星。但現代給我們的是什麼？我們何嘗沒有熱烈的崇拜心？我們何嘗不在這一件事那一件事上，或是這一個人物那一個人物的身上安放過我們迫切的期望。但是，但是，還用我說嗎！有那一件事不使我們重大的迷惑，失望，悲傷？說到人的方面，那有比普遍的人格的破產更可悲悼的？在不知那一種魔鬼主義的秋風裏，我們眼見我們心目中的偶像像敗葉似的一個個全掉了下來！眼見一個個道義的標準，都叫醜惡的人性給沾上了不可清洗的污穢！標準是沒有了的。這種種道德方面人格方面顛倒的現象，影響到我們青年，又是造成煩悶心理的原因的一個。

跟著這種種徵候還有一個驚心的現象，是一般創作活動的消沉，這也是當然的結果。因為文藝創作活動的條件是和平有秩序的社會狀態，常態的生活，以及理想主義的根據。我們現在卻只有混亂，變態，以及精神生活的破產。這彷彿是拿毒藥放進人生的泉源，從這裏流出來的思想，那還有什麼真善美的表現？

這時代病的徵候是說不盡的，這是最複雜的一種病，但單就我們上面說到的幾點看來，我們似乎已經可以採得一點消息，至少我個人是這麼想。——那一點消息就是生命的枯窘，或是活力的衰耗。我們所以得病是為我們生活的組織上缺少了思想重心，它的使命是領導與指揮。但這又為什麼呢？我的解釋，是我們這民族已經到了一個活力枯窘的時期。生命之流的本身，已經是近於乾涸了；再加之我們現得的病，又是直接克伐生命本體的致命徵候，我們怎麼能受得住？這話可又講遠了，但又不能不從本原上講起。我們第一要記得我們這民族是老得不堪的一個民族。我們知道什麼東西都有它天限的壽命;一種樹只能青多少年,過了這期限就得衰,一種花也只能開幾度花,過此就為死(雖則從另一個看法,它們都是永生的,因為它們本身雖得死,它們的種子還是有機會繼續發長)。我們這棵樹在人類的樹林裏,已經算得是壽命極長的了。我們的血統比較又是純粹的,就連我們的近鄰西藏滿蒙的民族都等於不和我們混合。還有一個特點是我們歷來因為四民制的結果,士之子恆為士,商之子恆為商,思想這任務完全為士民階級的專利,又因為經濟制度的關係,活力最充足的農民簡直沒有機會讀書,因此士民階級形成了一種孤單的地位。我們要知道知識是一種墮落。尤其從活力的觀點看,這士民階級是特別墮落的一個階級,再加之我們舊教育觀念的偏窄,單就知識論,我們思想本能活動的範圍簡直是荒謬的狹小。我們只有幾本書,一套無生命的陳腐的文字,是我們唯一的工具。這情形就比是本來是一個海灣,和大海是相通的,但後來因為沙地的脹起,這一灣水漸漸的隔離它所從來的海,而變成了湖。這湖原先也許還承受得著幾股山水的來源,但後來又經過陵谷的變遷,這部分的來源也繼絕了，結果這湖又乾成一支小潭，乃至一小潭的止水，長滿了青苔與萍梗，純遲遲的眼看得見就可以完全乾涸了去的一個東西。這是我們受教育的士民階級的相仿情形。現在所謂的智識階級亦無非是這潭死水裏比較泥草鬆動些風來還多少吹得縐的一窪臭水，別瞧它矜矜自喜，可憐它能有多少前程？還能有多少生命？

所以我們這病，雖然徵候不止一種，雖然看來複雜，歸根只是中醫所謂氣血兩虧的一種本原病，我們現在所感覺的煩悶，也只見沉浸在這一窪離死不遠的臭水裏的氣悶，還有什麼可說的？水因為不流所以滋生了水草，這水草的漲性，又幫助浸乾這有限的水。同樣的，我們的活力因為繼絕了來源，所以發生了種種本原性的病症，這些病又回過來浸蝕本原，幫助消盡這點僅存的活力。

病性既是如此，那不完全絕望了嗎？

那也不能這麼容易。一棵大樹的凋零，一個民族的衰歇，決不是一朝一夕的事兒。我們當然還是要命。只是怎麼要法，是我們的問題。我說過我們的病根是在失去思想的重心，那又是原因於活力的單薄。在事實上，我們這讀書階級形成了一種極

孤單的狀況，一來因為階級關係它和民族裏活力最
充足的農民階級完全隔絕了，二來因為畸形教育以
及社會的風尚的結果，它在生活方面是極端的城市
化，腐化，奢侈化，惰化，完全脫離了大自然健全
的影響變成自蝕的一種蛀蟲，在智力活動方面，只
偏向於纖巧的淺薄的詭辯的乃至於程式化的一道，
再沒有創造的力量的表示，漸次的完全失去了它自
身的尊嚴以及統轄領導全社會活動的無上的權威。
這一沒有了統帥，種種紊亂的現象就都跟著來了。

　　這畸形的發展是值得尋味的。一方面你有你的
讀書階級，中了過度文明的毒，一天一天往腐化僵化
的方向走，但你卻不能否認它智力的發達，只因為道
義標準的顛倒以及理想主義的缺乏，它的活動也全不
是在正理上。就說這一堂的翩翩年少 ── 尤其是文
化最發旺的江浙的青年，十個就有九個是弱不禁風
的。但問題還不全在體力的單薄，尤其是智力的活動
本身有了病，它只有毒性的戟刺，沒有健全的來源，
沒有天然的資養。纖巧的新奇的思想不是我們需要
的，我們要的是從豐滿的生命與強健的活力裏流露出
來純正的健全的思想，那才是有力量的思想。

　　同時我們再看看佔我們民族十分之八九的農

民階級。他們生活的簡單，腦筋的簡單，感情的簡單，意識的疏淺，文化的定位，幾於使他們形成一種僅僅有生物作用的人類。他們的肌肉是發達的，他們是能工作的，但因為教育不普及，他們智力的活動簡直的沒有機會，結果按照生物學的公例，因無用而退化，他們的腦筋簡直不行的了。鄉下的孩子當然比城市的孩子不靈，粗人的子弟當然比不上書香人的子弟，這是一定的。但我們現在為救這文化的性命，非得趕快就有健全的活力來補充我們受足了過度文化文明的毒的讀書階級不可。也有人說這讀書階級是不可救藥的了，希望如其有，是在我們民族裏還未經開化的農民階級。我的意思是我們應得利用這部分未開鑿的精力來補充我們開鑿過分的士民階級。講到實施，第一得先打破這無形的階級界限以及省份界限。通婚和婚是必要的，比較的說；廣東湖南乃至北方人比江浙人健全的多，鄉下人比城裏人健全得多，所以江浙人和北方人非得儘量的通婚，城市人非得與農人儘量的通婚不可。但是這話說著容易，實際上是極困難的。講到結婚，誰願意放棄自身的艷福，為的是渺茫的民族的前途上，那一個翩翩的少年甘心放著窈窕風流的江南女

郎不要，而去鄉村裏找粗蠢的大姑娘作配，誰肯不
就近結識血統逼近的姨姊表妹乃至於同學妹，而肯
遠去異鄉到口音不相通的外省人中間去尋配偶？這
是難的，我知道。但希望並不見完全沒有——這希望
完全是在教育上。第一我們得趕快認清這時代病
無非是一種本原病，什麼混亂的變態的現象，都無
非顯示生命的缺乏，這種種病，又都就是直接克伐
生命的，所以我們為要文化與思想的健全，不能不
想方法開通路子，使這幾窪孤立的獸定的死水重複
得到天然泉水的接濟，重複靈活起來，一切的障礙
與淤塞自然會得消滅——思想非得直接從生命的本
體裏熱烈的迸裂出來才有力量，才是力量。這過度
文明的人種非得帶它回到生命的本源上去不可，它
非得重新生過根不可。按著這個目標，我們在教育
上就不能不極力推廣教育的機會到健全的農民階級
裏去，同時獎勵階級間的通婚。假如國家的力量可
以干涉到個人婚姻的話，我們盡可以用強迫的方法
叫你們這些翩翩的少年都娶鄉下大姑娘子，而同時
把我們窈窕風流的女郎去嫁給農民做媳婦。況且誰
知道，我們現在擇偶的標準本身就是不健全的。女
人要嫁給金錢，奢侈，虛榮，女性的男子：男人的

口味也是同樣的不妥當。什麼都是不健全的，喔，這毒氣充塞的文明社會！在我們理想實現的那一天，我們這文化如其有救的話，將來的青年男女一定可以兼有士民與農民的特長，體力與智力得到均平的發展，從這類健全的生命樹上，我們可以盼望吃得著美麗鮮甜的思想的果子！

至於我們個人方面，我也有一部分的意見，只是今天時光侷促了怕沒有機會發揮，但總結一句話，我們要認清我們是什麼病，這病毒是在我們一個個你我的身體上，血液裏．無容諱言的，只要我們不認錯了病多少總有辦法。我的意見是要多多接近自然，因為自然是健全的純正的影響，這裏面有無窮盡性靈資養與啟發與靈感。這完全靠我們各個人自覺的修養。我們先得要立志不做時代和時光的奴隸，我們要做我們思想和生命的主人，這暫時的沉悶決不能壓倒我們的思想，我們正應得感謝這深刻的沉悶，因為在這裏，我們才感悟著一些自度的消息，如我方才說的，我們還是得努力，我們還是得堅持，我們的態度是積極的。正如我兩年前《落葉》的結束是喊一聲，Everlasting yea，我今天還是要你們跟著我來喊一聲 Everlasting yea。

編選後記：
關於徐志摩的散文

　　徐志摩是浙江海寧的現代才子，素以詩人著稱於世，但他的散文的成績也甚有可觀，當時就有人認為他的散文成就高於他的詩歌。沈從文在給徐志摩的小說集《輪盤》所作的序中稱："在散文與詩方面，所成就的華麗局面，在國內還沒有相似的另一人。"這裏也是將徐志摩的詩與散文並提的。

　　對於社會現實的批判，在徐志摩的散文中並不少見，然而他的散文的主體是對於自己內心情感的披露，對於現實的批判往往也包融在這種內心剖析之中。在此我們可以直接感受到他的心靈脈搏跳動的軌跡，他的思想演變的過程。有人常常說徐志摩"感情之浮"、"思想之雜"，這對於本質上是一個詩人而非政治家、思想家的徐志摩來說是正常的。譬如他對於社會文明的不滿，開出的答案往往是回歸自然人性，回歸原始大自然等等，顯示出一種不切實際的理想主義、浪漫主義的傾向。一旦脫離了現實的羈絆，回到他所鍾情的大自然中，他會立刻與草木山川契合無間，演化出了一片片詩情蕩漾的心境與文字。

徐志摩散文的形式獨具一格，在現代散文諸家中儼然自成一家。有人用"像夏雲的層湧，春泉的潺湲"，或用"濃得化不開"形容徐志摩散文的特點，我們從《泰山日出》、《落葉》中奇特的想像、繁複的比喻中，從《巴黎的鱗爪》、《濃得化不開》中濃烈的意象、靡艷的情調中都可以感受到。但徐志摩的很多散文"濃卻化得開"，如《我所知道的康橋》等文，雖然在感情與詞藻上仍舊鋪張，但已經從容自如，沒有雕琢和多餘的感覺。用沈從文先生的"華麗"一詞概括徐志摩的文風，庶幾較為確切一些。

《落葉》、《自剖》、《再剖》、《求醫》、《秋》等文，是徐志摩思想剖析性的文章；《印度洋上的秋思》《泰山日出》等文則是一種純粹的藝術描寫上的嘗試；《我所知道的康橋》、《北戴河海濱的幻想》、《翡冷翠山居閒話》、《天目山中筆記》、《契訶夫的墓園》等文介於二者之間、情與景往往能相生相伴，較為賞心悅目。從 1922 年的《印度洋上的秋思》到 1926 年的《我所知道的康橋》，我們也能感受到徐志摩藝術風格成熟的過程。《巴黎的鱗爪》、《濃得化不開》兩篇較為明顯地體現了徐志摩濃艷的敘事風格（《巴黎的鱗爪》之二《先生，你見過艷麗的肉沒有》被收入徐志摩的小說集，改名為《肉艷的巴黎》，故本書只選收此篇之一《九小時的萍水緣》），我們在此收入，以便讀者領教一二。徐志摩是個感情性的人，他的哀婉的悼文也頗值得一讀，這裏我們選擇了他悼念祖母和林長民的兩篇。《詩刊·弁言》是 1926 年徐志摩在主編《晨報副刊·詩刊》時的發刊詞，在這篇文章中，他闡述了《詩刊》的創辦過程及其藝術主張，此文頗具研究價值，也一併選入。

編選者

1998 年 11 月 25 日